초저녁

b판시선 005

하종오 시집

초저녁

도서출판 b

　현실과 비현실, 생물과 무생물, 인간과 비인간이 어우러지거
나 부딪치거나 갈라설 때 만들어지는 단편적이거나 계속적인
작은 서사와 서정을 쓰고 싶었으나 거대도시 서울 변두리에서
마지막 지내던 시절에는 골목을 내다보며, 강화도에 자발적으
로 유폐한 후에는 논둑밭둑을 바라보며 이 시들을 썼다.
　내가 가진 것은 시밖에 없다고 말할 수 있기를 바랐던 저
청년 시절부터 내가 이웃들보다 더 가진 것이 있다면 시뿐이라
고 말할 수밖에 없는 지금까지 나는 줄곧 시만 써왔다. 이
시들을 그 모든 시의 대상들에게 바친다.

환갑의 나이에

강화도 쥐똥나무울타리 집에서

하종오

| 차 례 |

제1부

초가을 초저녁

나무에게 가서 산에 관해 떠들고
돌에게 가서 허공에 관해 지껄이고
개에게 가서 들판에 관해 소곤거리던
초가을 초저녁이 여기에 지금 와 있다

불룩하고 둥그스름하고 펑퍼짐한 초가을 초저녁에게
나무가 산에서 물소리를 가져왔느냐고 묻고
돌이 허공에서 새소리를 가져왔느냐고 묻고
개가 들에서 바람소리를 가져왔느냐고 물으니
초가을 초저녁은 다 품속에 지니고 있다고 대답한다

어두워질 때 사방이 낮고 아늑하고 너른 건
물소리가 초가을 초저녁을 불룩하게 하고
새소리가 초가을 초저녁을 둥그스름하게 하고
바람소리가 초가을 초저녁을 펑퍼짐하게 해서다
나무가 산으로 옮겨가지 않고
돌이 허공으로 날아가지 않고

개가 들판으로 뛰어가지 않는 것이
여기에선 지금 전혀 이상하지 않다

추풍낙엽

바람 한 자락이 불어간 뒤
바람결이
내 얼굴에 남아 있다고 느껴질 때 볼을 쓰다듬고
내 어깨에서 흘러내리고 있다고 느껴질 때 등을 긁고
내 손을 잡고 있다고 느껴질 때 양팔을 붙잡으며
하루 종일 서성거렸다, 나는

은행나무 한 그루가 단풍든 뒤에
은행잎들이
내 머리를 껴안고 흔들린다고 느껴질 때 고개를 숙이고
내 가슴에 안기려고 떨어진다고 느껴질 때 심호흡을 하고
내 발바닥을 떠받들고 풀썩인다고 느껴질 때 발걸음을 떼며
한 철 내내 떠돌았다, 나는

그 시절 나는 중얼거리기도 했다
추풍낙엽, 추풍낙엽, 추풍낙엽,
그러면 노란 은행잎들이 찬 가을바람을 일으켜

하늘로 하늘로 하늘로 오르고
새들이 일제히 끌려 올라가고
숲이 한꺼번에 끌려 올라가고
대지가 단번에 끌려 올라가고
나만 오도카니 남아
그들을 우러러보았다

자드락길에서

날마다 산책하는 자드락길에서
남의 집 처마 아래 개와
밭둑 위 까치와
길가 상수리나무를
오늘 문득 처음 발견한다

언제 같이 밥을 먹었던가
개가 나를 쳐다보며 혀를 빼물고
언제 같이 놀았던가
까치가 나를 바라보며 날갯짓을 하고
언제 같이 잠을 잤던가
상수리나무가 나를 내려다보며 그늘을 내린다

개는 나와 밥 한 그릇 나누어 먹었던 날을
까치는 나와 폴짝거리며 놀았던 날을
상수리나무는 나와 동품해서 낮잠을 잤던 날을
잘 알고 있는지는 몰라도

나는 기억하고 있지 않다

내가 내처 걸어가니
개가 상수리나무 나무밑동에 한 다리 들고 오줌 갈기고
까치가 상수리나무 나뭇가지에서 퍼덕이다가 우짖고
상수리나무가 흔들거리며 나를 따라붙는다

외면 수습

저녁밥 먹으려고 앉아 있을 때
내 몰골을 보면 돼지다
말을 하면 꿀꿀거리는 소리가 나고
자세를 바꾸면 팔다리가 뒤룩거리면서
돼지우리에 처박힌다

이 상태를 바로잡으려고
내 몰골을 보면 황소다
머리를 더듬으니 소뿔이 돋아나고
발을 만지작거리니 소걸음으로 걷게 되어
외양간에 들어간다

잠자려고 방바닥에 누워 있을 때
내 몰골을 다시 보면 천둥벌거숭이다
어른들이 잔반으로 키운 돼지를 팔아서
더 단 음식을 사 먹었고
어른들에게 전 재산이던 소를 팔아서

더 넓은 도시로 나왔다

이런 내가 부끄러워
이불을 뒤집어쓰고 뒤척거리다가 일어나면
빈 돼지우리와 빈 외양간을 청소하던
그 어른들의 모습이 되어
한밤 내 나를 나무라고 있다

최고의 추수

콤바인이 논 가장자리를 돌면서
앞으로 벼를 삼키고
뒤로 볏짚을 쏟아낸다

나는 밤나무 아래에서
유실수에게서 여러 날 열매를 얻는 추수가
재미있다고 생각하는 중인데
콤바인이 단숨에 추수를 끝낸다

신기하게 바라보며 나는
품앗이로 이웃들이 모여서
낫으로 벼를 베고 탈곡기로 낱알을 털고
짚단을 쌓아두던 시절을 떠올리며
그 들판에서 농사일을 힘겨워하던
이웃들의 자손들이 쉽사리 더 벌어먹으려는 기술로
저 콤바인을 만들고 팔았다고 생각한다

노동자를 구하지 못하는 요즘 시골에서
노동력이 없는 내가 할 수 있는 최고의 추수는
유실수 아래에서 열매를 주워 광주리에 담는 일,
오늘 밤나무에게 고마워하며 고개 숙인 채 밤을 줍는다

초겨울 초저녁

조용히 서 있는 나무들은 중심을 위로 띄우고
오가는 사람들은 중심을 옆으로 퍼뜨리는
초겨울 초저녁이면 어스름은
허공에도 지상에도 중심을 두지 않는다

그때 누군가가 홀로 집을 나와
둔치에 서서 물수제비를 던지는 것도
뒷산에 올라 먼산바라기를 하는 것도
공원을 찾아 벤치에 등을 기대앉는 것도
무엇이든 중심을 중심에 두지 않으려 하는
초겨울 초저녁이기에 가능할까

우리에게든 그들에게든 저것들에게든 이것들에게든
구분하여 중심이 되지 않으려 하는
초겨울 초저녁은 그래서 빨리 깊어지고
모두가 저마다 제자리를 가지려 하지 않는다
한 해를 다 보낸 시간도 중심이 없어서

곳에 따라 늘어지거나 줄어드는 초겨울 초저녁에

나나 너나 그나 그녀나 중심을 버리고

어스름에 둘러싸여 서로에게 통과한다

가족의 재해석

아들내외와 산길로 들길로 산책하면
아들이 나무들하고 같이 가고 있어
나는 휘적거리고
며느리가 새들하고 같이 가고 있어
나는 퍼덕거린다

저만큼 걸어가는 아들내외를 보면
저만큼 젊은 아버지어머니가 걸어가시는데
어렸던 그 시절 나는
나무들이 자라는 건 누리에 구석구석이 많기 때문이라고
생각하다가
새들이 나는 건 허공에 높낮이가 많기 때문이라고 생각하다
가
젊은 아버지가 나무들과 어울려 놀며 가고 계셔서
구석구석을 밟으며 따라갔고
젊은 어머니가 새들과 어울려 놀며 가고 계셔서
높낮이를 헤집으며 따라갔지

나무들과 새들은 서로서로 어울려 놀면서
젊은 아버지어머니와 어디로든 같이 가고 있었지
오늘은 그 아이로 되돌아가
저만큼 걸어가시는 젊은 아버지어머니를 보는데
저만큼 아들내외가 걸어간다

앞서거니 뒤서거니 산길로 들길로
아들내외와 산책하면서
나는 아들하고 같이 가려고
새들을 날리는 나무들이 되기도 하고
나는 며느리하고 같이 가려고
나무들을 품은 새들이 되기도 한다

빈터

상수리나무 우거진 야산 아래
작은 시멘트 블록집이 없어졌다

이십여 년 전 저곳에서는
어린 계집아이와 젊은 엄마가 살았는데
이젠 며느리가 되고 친정어머니가 되어
저곳을 영 잊어버리고
각각 다른 집에서 살고 있을까

그 모녀를 기억하는 이가 나밖에 없을까
상수리나무가 그늘과 낙엽과 열매를 주고
숨결과 눈길과 입김을 받았다면
그 모녀를 기억할 것이다
나는 팔을 쳐들었으나
상수리나무가 나뭇가지를 흔들지 않는 저곳

당시 여기쯤 서서

작은 시멘트 블록 집을
아득히 바라보던 나와
그런 나를 전혀 개의치 않고
마당 복판에서 세발자전거를 타던 어린 계집아이와
마당귀에서 잡풀을 뽑던 젊은 엄마를
나는 동시에 보고 싶어 했다

언젠가 저곳에 새로운 집이 들어서고
같이 늙어가는 어떤 모녀가 산다면
내가 다시 여기쯤 서서
아득히 바라볼 수 있을까

저녁밥 먹을 시간

겨울 저녁밥 먹을 시간
전등을 켜고 식탁 앞에 앉았을 때
고양이가 거실창문으로 들여다보았다
내가 놀라서 손을 내저으니
고양이는 나를 노려보곤 사라졌다

사방 논밭으로 둘러싸인
이 집에 올봄에 되돌아온 나는
이십여 년 전 봄에 떠나갈 적에
이 집에 놔뒀던 고양이를 떠올렸다
그때 고양이가 먼저 떠나가도록
몇 날 며칠 먹이를 주지 않으니
주위를 맴돌며 울었고,
결국 내가 먼저 떠나가선 잊었다

내가 몰인정한 인간으로
고양이들의 입에 오르내리고 있을까

그 몇 대 후손일 고양이가 나를
혈족 대대로 전해오는 실화의 주인공으로 삼아
얼굴을 보러 왔을 수도 있겠다 싶으니
온몸에서 솜털이 곤추섰다

논밭에서 먹을거리를 구할 수 없는 겨울철
날마다 저녁밥 먹을 시간에 찾아온
고양이는 거실창문으로 들여다보다가
나와 눈이 마주치면
어둠 속으로 조용히 사라지곤 했다

초봄 초저녁

동네에서 가장 큰 나무에서 내려오는
초봄 초저녁을 가려 볼 줄 안다면
따뜻하고 넓고 평평한 이곳에
방금 도착한 사람이라고 믿는다

나는 가장 큰 나무를 찾아내는 일도
수월치 않아 여기저기 기웃거리다가
문득 가까이 내려와 나를 이끄는
초봄 초저녁에게 온몸을 맡긴다

이곳을 따뜻하고 넓고 평평하게 만든
초봄 초저녁이 나를 멈추어 세우고는
한동안 자신을 바라보게 하니
가장 높은 나무가 내 눈앞에 나타난다

내가 오래 머문 동네에 초봄 초저녁이 오면
마당가에 커다란 감나무를 심고 싶어 했고

뒤란에 커다란 대나무를 심고 싶어 했고
모퉁이에 커다란 느티나무를 심고 싶어 했거니······

동물 자화상

목련 아래서 얼쩡거리는 개를 보고 있으면
내가 목련 아래서 얼쩡거리고 있고
골목길을 돌아가는 고양이를 보고 있으면
내가 골목길을 돌아가고 있고
공중에서 퍼덕거리는 비둘기를 보고 있으면
내가 공중에서 퍼덕거리고 있다

개는 목련이 꽃 피우기를 기다리는 걸까
나는 꽃 먼저 피우는 목련을 좋아한다
고양이는 골목길이 끝난 곳으로 가려는 걸까
나는 막다른 골목길을 좋아한다
비둘기는 공중이 높아서 버둥거리는 걸까
나는 공중이 위로 트여 있어 좋아한다

내가 목련에게 소리치고 있으면
개가 목련에게 짖고 있고
내가 골목길에서 제자리걸음하고 있으면

고양이가 골목길에서 발짝 소리도 내지 않고 있고
내가 공중에다 팔 휘젓고 있으면
비둘기가 공중에다 날갯짓을 하고 있다

악습

한 집 건너 개 한 마리씩 기르는 동네에서
마을길 다니다가
나는 개들과 자주 마주쳤다
어떤 개는 처음 볼 때만 짖었고
어떤 개는 볼 때마다 짖었다

이웃과 같이 마을길 걸을 때
내가 이 이야기했더니
개들 중에도 머리 좋은 개가 있고
머리 나쁜 개가 있으며
같은 종자라도 마찬가지라고 했다
머리 좋고 나쁨을 가리는 건
문명을 만든 사람들의 오래된 악습,
개들에게도 적용한다는 건 문명이 아니라고
이웃에게 말하진 않았지만
개들이 알아차리면 더 짖을지도 모르겠다

비 오는 날 마을길 걸어가는데
나를 볼 때마다 잘 짖던 개가
비를 보느라 짖지 않는다면
바람 부는 날 마을길 걸어가는데
나를 볼 때마다 잘 짖던 개가
바람을 보느라 짖지 않는다면
이웃이 머리 좋은 개라 할까 머리 나쁜 개라 할까

곁눈질

배추흰나비가 팔랑거리며 나를 곁눈질한다
호미질 하면 가까이 날아오고
쉬면 다른 곳으로 날아간다
배추흰나비는 내 배추밭에서
이십 년 전에도 팔랑거리며 나를 곁눈질했던가?
나는 사람에 관심 많던 나이
누가 지나가면 말 걸곤 했지
그해 배추흰나비는 어떻게 했더라?
말 거는 사람에게로 팔랑팔랑 갔던 것 같다
십 년 전에도 팔랑거리며 나를 곁눈질했던가?
나는 그늘에 관심 많던 나이
먼 데로 떠나고프면 가까운 나무에게 걸어가곤 했지
그해 배추흰나비는 어떻게 했더라?
가까운 나무에게 팔랑팔랑 갔던 것 같다
일 년 전에도 팔랑거리며 나를 곁눈질했던가?
나는 어스름에 관심 많던 나이
날이 저물면 어두워지는 방향을 찾곤 했지

그해 배추흰나비는 어떻게 했더라?

어두워지는 방향으로 팔랑팔랑 갔던 것 같다

이제 나는 나의 문제에 관심 많은 나이

해마다 배추흰나비는 애벌레 때

내가 기르던 배추를 갉아먹고 자라난 뒤

나를 따라했는데

요즘 배추밭을 매면서 둘러보면

올해 태어난 배추흰나비는 곁눈질하며 팔랑거린다

이제 나는 나의 문제에 관심 많은 나이

초여름 초저녁

산에게로 온 초여름 초저녁은
산그늘을 안으로 잡아당겨서
새들이 둥지로 돌아오도록
제 둘레를 고요하고 느슨하게 만든다

나무에게로 온 초여름 초저녁은
나무그늘을 제 자리에 놔두고는
바람이 잎사귀에 모여들어 흔들리다가
우듬지로 올라가 사그라지기를 바란다

사람에게로 온 초여름 초저녁은
한참동안 눈시울에 머물면서
산과 나무를 바라보다가
잠자리에 드는 사람과 함께
밤 깊도록 뒤척이리라는 걸 안다

그러한 초여름 초저녁에는

산이나 나무나 사람이
서로 더 친하고 싶은 상대를 정하고 싶어도
산과 나무와 사람이
서로 골고루 친하고 싶어도
아무 관계가 성사되지 않아 편안하다

풍경의 재구성

낡은 돈사를 철거하고
그 둘레 잣나무를 베다가
가슴 두근거리는 일이 생기면
그늘에 들어가 심호흡하려고
몇 그루 남겨 두었는데
태풍에 쓰러지고 말았다

잣나무가 빽빽하던 지난날엔
햇빛이 찰랑거리고
바람이 살랑거렸지
잣나무 앞 돈사 지붕에 올려놓은 호박 넝쿨에
애호박이 열리고
잣나무 옆 텃밭 두둑에는 푸성귀가 자랐지
그 풍경 속에 무언가 더 있었는데 뭐였더라?
뭐 였 더 라?
아, 어린 아들딸이 낡고 빈 돈사에 들어가 놀고 있었지
아, 젊은 아내가 고랑이 좁고 긴 텃밭에서 잡초를 매고

있었지
　　그래서 내가 빽빽한 잣나무 아래에서
　　햇빛처럼 생글거리고
　　바람처럼 글썽거렸지

　　그런 시절이 다시 오지 않으리라는 걸
　　이미 알아차린 몇 그루 잣나무가 자진해서
　　태풍에 쓰러졌을 수도 있겠다 싶으니
　　가슴 두근거리기 시작했다

저녁 아침

저녁에 어스름이 다가와서 내 손을 잡아끌어
제 발등 위에 내 발바닥을 올려놓게 하고는
보이지 않는 쪽으로 데려갔다
나는 어스름이 가는 곳마다 가다가
깊드리에 퍼져서 논고랑을 덮고
잣나무 아래 스며들어 그늘을 만들고
야산 초입에서 산정으로 올라가
어스름을 놔두고 사부자기 돌아왔다
나를 붙잡지 않았으니
어스름은 또 누군가의 손을 잡아끌고는
어디론가 데려가겠지
저녁에서 아침까지 나는 어두워져 있었다

아침에 먼동이 다가와서 내 손을 잡아끌어
제 발등 위에 내 발바닥을 올려놓게 하고는
알 수 없는 쪽으로 데려갔다
나는 먼동이 가는 곳마다 가다가

사방에서 허공중을 쳐다보고
길거리에서 방향을 잃고
골목에서 머물 데를 몰라
먼동을 바닥에 놔두고 사부자기 떠났다
나를 붙잡지 않았으니
먼동은 또 누군가의 손을 잡아끌고는
어디론가 데려갔겠지
아침에서 저녁까지 나는 밝아져 있었다

향기

꿀벌들이 밤나무들에게 다녀올 때까지 서성거리는
꿀벌 치는 주민은,
내가 보고 있으면 겸연쩍어했다

밤나무들에게 꿀벌이 다녀갈 때까지 서성거리는
밤나무 키우는 주민은,
내가 보고 있으면 겸연쩍어했다

그런 사이에
밤나무들과 꿀벌들은 어우러지다가
밤나무들이 아예 벌통 속으로 날아 들어가기도 했고
꿀벌들이 아예 뒷산에다 뿌리내리고 밤나무숲을 이루기도
했다

그 광경을 본
꿀벌 치는 주민은 밤나무에게 다녀온 꿀벌이 되어
밤나무 키우는 주민은 꿀벌이 다녀간 밤나무가 되어

같이 밤꽃 향기를 나에게 보내면서
비로소 활짝 웃었다

내가 그들을 바라보다가
꿀벌들을 따라 날아 보고 싶어 하면서도
밤나무들을 따라 뿌리내리고 싶어 하면서도
선택하지 못하고 서성일 때
꿀벌 치는 주민은 밤꿀을 가져왔고
밤나무 키우는 주민은 알밤을 가져왔다

작달비 보슬비

여름 어느 날 작달비 왔다
나를 보면 꽁지 까닥거리던
참새에게 급한 일 생긴 때문이라고 여겨져
마당에 나가 살펴보다가
단풍나무에 앉아 우는 참새 보았다
참새 울음 고인 빗방울에 옷 젖고 나서야
급한 일이 없다는 걸 알고
손 저어 빗줄기 밀어냈다

가을 어느 날 보슬비 왔다
내가 우듬지 쳐다보며 마음 내려놓던
단풍나무에게 슬픈 일 생긴 때문이라고 여겨져
나뭇가지 아래 가 서 있다가
단풍드는 단풍나무 보았다
붉은 빛깔 스민 빗방울에 옷 젖고 나서야
슬픈 일이 없다는 걸 알고
손 저어 빗줄기 흩트렸다

요즘엔 말하지 못하는 것들에게 무슨 일 생길 때
비 온다고 나는 단정해 버린다
내가 묵언하는 날에 비가 오면
땅속으로 날아오르지 못하는 새들과
땅위로 뿌리내리지 못하는 나무들이
나를 상대로 속사정 말하고 싶고
속말 듣고 싶어서가 아닐까,
속짐작하기도 한다

육식 본능

가축에게도 가축답게 살 권리가 있다는 말을 듣곤
소는 달을 보고도 워낭소리 낼 수 있고
돼지는 바람이 불어도 꿀꿀거릴 수 있고
닭은 비가 내려도 홰칠 수 있다고 생각한다

어렸을 적엔
소에게 꼴을 베어주고
돼지에게 구정물을 쏟아주고
닭에게 모이를 뿌려주었는데
겉늙은 요즘엔
소도 돼지도 닭도 기르지 못하면서
매끼니 식탁 위에 올라오는 반찬 중에서
고기에 먼저 젓가락을 댄다

내 혀를 맛보기 위해 등심을 내주었을 것 같은 소
나는 그 소를 위해 혀로 맛보겠다
내 목구멍을 삼켜보기 위해 삼겹살을 내주었을 것 같은

돼지

　나는 그 돼지를 위해 목구멍으로 삼키겠다

　내 이빨을 씹어보기 위해 가슴살을 내주었을 것 같은 닭

　나는 그 닭을 위해 이빨로 씹겠다

　하필이면 허기진 내가

　소고기 먹는 날엔 달이 떴고

　돼지고기 먹는 날엔 바람이 불었고

　닭고기 먹는 날엔 비가 내렸다

나물 맛

논과 밭과 산이 바라보이는 집
부엌 식탁에 마주앉아서
나물 반찬으로 밥을 먹는 중에
나물 맛을 알면 죽을 때가 되는 거라고
아내가 느닷없이 중얼거렸다
논둑에서 캐 무친 씀바귀 뿌리,
밭둑에서 뜯어 국 끓인 쑥 잎,
산기슭에서 따서 데친 개두릅 순,
나는 젊은 날엔 입에 대지 않다가
요사이엔 잘 먹는다
내 몸이 논과 밭에서 일하다가
산에 묻히는 나이라는 걸
은연중에 알기 때문일까
올해도 상추와 쑥갓과 시금치와 아욱은
내가 직접 씨 뿌리고 거둘 테니
당연히 잘 먹겠지만
나물 맛을 알면 죽을 때가 되는 거라는 말을 생각해 보면

혀가 개두릅 순으로 변하는 나이라는 뜻인 듯……
이빨이 씀바귀 뿌리로 변하는 나이라는 뜻인 듯……
입술이 쑥 잎으로 변하는 나이라는 뜻인 듯……
아내도 나물 반찬에만 젓가락질했다

제2부

시를 읽는 장소

시집을 들고 나가
읽고 싶은 곳이 몇 군데 있지
말벗이 없어 답답할 때 뒷산에 오르면
남은 생이 힘겹게 생각들 때 텃밭 가에 나앉으면
지난날 부끄러운 짓이 떠오를 때 뒤란에 돌아가면
그곳들에선 한 번은 낭독, 한 번은 묵독,
시를 두 번씩 읽게 되지

소리 내어 시를 읽으면
산비둘기와 꿀벌과 참새가 듣고는
똑같이 소리 내어 읽으며 날아가지
눈으로 시를 읽으면
상수리나무와 호미와 굴뚝이 보고는
똑같이 눈으로 읽으며 가만히 있지

시집을 들고
뒷산에서 내려올 땐

시 속에 들어온 나무그늘이 무거워서

뒤뚱거리다가 시구를 잊어버려도 내처 내려오게 되고

텃밭 가에서 일어날 땐

시 속에 들어온 들바람이 서늘해서

움츠리다가 제목을 잊어버려도 내처 일어나게 되고

뒤란에서 돌아 나올 땐

시 속에 들어온 응달이 눅눅해서

잔기침하다가 주제를 잊어버려도 내처 돌아 나오게 되지

개작

누군가가 우는데도 가만있다고 씌어 있어
독자가 그 구절에 밑줄 긋는다면
바람이 부는데도 그친다고 씌어 있어
독자가 그 페이지 모서리 접는다면
꽃이 지는데도 피어 있다고 씌어 있어
독자가 그 책표지 덮는다면
저자는 독자의 독법을 이해하지 못한다

저자가 누군가보다 나중 울면서도
누군가가 울지 않는다고 쓴다면
저자가 바람보다 나중 흔들리면서도
바람은 흔들리지 않는다고 쓴다면
저자가 꽃보다 나중 시들면서도
꽃은 시들지 않는다고 쓴다면
독자는 저자의 문법을 이해하지 못한다

시에서 내가

누군가를 울리지 않는 건 다 같이 그만 슬퍼하자는 거고
바람을 불지 않게 하는 건 다 같이 흔들리지 말자는 거고
꽃을 지지 않게 하는 건 다 같이 본모습 지키자는 건데
독자가 밑줄 긋고 페이지 모서리 접고 책표지 덮는다면
더 이상 내 시집은 팔리지 않을 터이므로
재판을 찍지 못해서
나는 수록시를 고쳐 놓고도
독자에게 일독을 권할 수 없다

반성

지구상에만 사는 자본주의자들은
기계를 다량으로 만들고
농작물을 다량으로 만들고
생필품을 다량으로 만든다
행위만으로 본다면
시의 다작도 자본주의적,
다작하는 나는 자본주의자,
비자본주의적인 시를
자본주의화해 버리는 나의 행위를
열정이라는 말로 설명해 보려 하지만
시인이 자본주의자가 된다는 건
시인이기를 포기하는 욕망일 것이다
지구상에만 사는 자본주의자들이 만들어낸
수없는 기계 중에서 날마다 둘 이상 작동하고
수없는 농작물 중에서 날마다 둘 이상 먹어치우고
수없는 생필품 중에서 날마다 둘 이상 사용하는
자본주의에서 시를 과작할 순 없지, 내가

시인이니 내면적으론 비자본주의자라고 해도
외면적으론 그 짓들 하며 시를 쓰고 있으니

이해

송년회 옆자리에 앉은 동년배 시인과 잡담하다가
우리는 시골에서 태어나 자랐기에
농촌 정서 담은 시를 잘 이해하는데
요즘 젊은이들은 그렇지 않다고 말했더니
뜻밖에도 그가 정색하고는
자신도 도시에서 태어나 자랐기 때문에
그런 시를 잘 이해하지 못한다고 말했다

내가 어릴 적에도 도시에서 태어나 자란 아이들은
논밭에 나가서 호미질 낫질 해보지 못했고
물지게 지고 우물에 가서 두레박 내려 보지 못했고
강물 속에서 때 밀어 송사리에게 먹여 보지 못했다는 걸
가까스로 기억해 내고는 동년배 시인이라면
으레 고향이 시골일 거라고 여기는 내가
스스로 생각해도 어이없었다

또래라고 해도 예나 지금이나

제각각 출신지역과 출신계급이 다른데
나는 왜 동년배 시인이라면 같다고 여겼을까
송년회 파할 때쯤 그는 모더니즘 시보다
리얼리즘 시를 이해하기가
아직도 무척 어렵다고 딱 부러지게 말했다

인물사진

시 잡지를 펼치다가
화보로 실린 인물사진을 보았다
무엇을 보려고 했을까
무엇이 보였을까
그의 표정은 우울하였고
그의 시선은 우측을 향하고 있었다

나는 처음 보는 얼굴이지만
독자들에겐 널리 알려졌을 수도 있겠지
그가 바라보는 쪽에서
어떤 독자는 그와 악수하고 싶어 했을 수도 있고
어떤 독자는 그의 목소리를 듣고 싶어 했을 수도 있고
어떤 독자는 그의 시를 낭송하고 싶어 했을 수도 있지
그러나 그는 그들을 보지 않고
더 멀리서 스스로 영혼을 달래는
낯선 사람을 찾고 있었을 수도 있지

외롭고 슬프고 아픈 시를 싫어하는
내가 나중에 그를 만나서
동종업계의 종사자로서 인사말을 건넬 때도
그는 나를 안중에 두지 않고
우울한 표정을 짓고 우측으로 시선을 향할까
나는 그가 꼭 그러하기를 바라면서
시 잡지 첫 페이지부터 읽어 나갔다

초판본

책을 애지중지하는 독자일수록
초판본을 가지고 싶어 한다
나는 평생 글을 쓰는 동안
문장을 다듬는 저작자의 고민은
쉼표나 마침표에 찍혀 있다고 봤다
초판본에만 영혼이 담겨 있진 않다고 해도
초판본을 소장하려는 장서가는
오자나 비문非文에 숨어 있는
저작자의 안타까운 마음을 간직해야
애독자가 된다고 믿었을지도 모르겠다
내 저작물의 대다수가 초판본에 그쳤으니
내 필력의 시작이고 끝인 초판본을 가진
독자를 만나면 우러러보면서도
고백하지 못하는 점이 있다
나와는 생각이 다른 독자에게
낯설게 읽힐 표현을
초판본 이후에 마음속으로

수없이 퇴고한다는 것이다

병중

말하면 아프다고 호소하는 나에게
의사는 말하지 말고 지내라고 했네
목 안에 내시경 넣고 모니터 가리키며
피부에 노화로 생기는 주름살같이
성대에도 변형이 일어났다고 했네

내게 맞는 병중이라고 생각하네
성대를 못 쓰게 된다면 보고 들을 수만 있어
말과 시를 같이하는 사람에서
시만 쓰는 시인으로 빠져나와
허공중에 떠다니는 온갖 잡소리도
종이 위에 시로 옮겨 놓을 수 있지 않을까
아, 그리고 개하고도 소통이 좀 되겠다
개가 밟고 가는 길바닥하고도 좀 되겠다
개가 밑동에 오줌 누는 나무하고도 좀 되겠다
개 따라 길바닥 걸어가다가 나무 아래서 쉴 수도 있겠다
그러면 개가 나를 보고 흉내 낸다고 짖을 테고

나도 개를 보고 대거리로 짖을 수 있지 않을까

죽을 때까지 입 다물고 살다 보면
눈빛 아래 흐트러진 낱자와
숨소리 속에 뒤섞인 글자와
사람들 사이에서 뛰쳐나온 낱말들이
먼저 나를 부릴 것이네 내가 부리기 전에

서점

내 시집을 사려고 서점에 갔는데
진열되어 있지 않았다
책 한 권이 놓인 자리도
돈으로 환산되는 때,
그 값어치를 하지 못하는
내 시집이 받는 푸대접은 별것 아니다
무수한 책이 쏟아져 나오는 시절,
며칠 동안에 주목받지 못하면
진열대에서 빠진다고 했다
나는 서점에 온 저작자들이
표지 뒤에 숨어 독자를 기다리다가
총총 사라지는 모습을 보았다
신간코너에 진열된 문우의 시집,
내가 페이지와 페이지 사이로 들어가
장시간 큰소리로 그의 시를 낭송하는데도
아무도 펼쳐서 따라 읽지 않았다
그의 시집도 곧 보이지 않을 것이고

그도 서점에 나온다면
나처럼 행동할 것인가
나는 빈손이 멋쩍어
몰래 서점을 착착 접어서는
겨드랑이에 끼고 나와
길가에 내던졌으나
독자들은 힐끗거리고 가버렸다

인견引見

내가 쉰 중반을 넘어가던 해
스승이 만나자는 전갈을 보내왔다
한식당에서 겸상 받고
밥 뜨고 반찬 집을 때 보니
스승의 수저질이 서툴러져 있었다
전통찻집에서 다탁 앞에 앉아
차 마시며 맛을 평할 때 보니
스승의 말투가 어눌해져 있었다
거리에 나와 찬바람 속에서
악수한 뒤 뒤돌아설 때 보니
스승의 뒷모습이 허물어져 있었다
조언이나 충고 한 마디도 하지 않은
스승과 기약도 없이 헤어진 뒤
아무리 생각해 봐도
나를 만나자고 한 이유를 알 수 없었다
가르침도 배움도 필요 없는 사이를
가장 편하게 여겨서 확인하려고 했을까

내가 배웠던 수많은 스승들 중에서
죽기 전에 꼭 한번 만나
말년에 관해 가르침을 받고 싶은 분들이
세상을 뜨셨다는 부음을 들을 적마다 의문했다
그 스승들은 왜 나를 찾지 않았는지……

콘퍼런스

한 장의 사진 속에는
말하지 않고 고요히 지내는 생나무들이
배경으로 꽉 찬 야외 나무탁자에
늘 더 좋은 소리를 찾으려고 작곡하는 아들이
외국 작곡가들과 함께 둘러앉아 있다
모국어가 달라도 멜로디로 듣는
음악의 모국은 같다는 건지
조국과 인종이 달라 생기는
불협화음을 소거하려는 건지
다정하게 대화하는 포즈다
악기소리로 변환되지 않는 생각을
연주가 끝난 뒤에도 나눠야 했을까
만국공통어인 음계와 오선지로
충분히 소통했을 텐데도
아들과 외국 작곡가들은 여담을 더해야 했을까
배경 밖에 있던 생나무들이 말소리를 엿들으려고
안으로 들어오는 광경이 담긴 사진 한 장을 보며

나는 한국어로 쓴 나의 시를 내가 읽었는데도
알아들으려 하지 않던 한국 시인들을 떠올린다

제3부

필담

비행기가 이륙했다
옆자리에 앉은 승객에게
말을 거니 알아듣지 못했다
백지와 볼펜을 꺼내어
나를 가리킨 뒤 韓國人이라고 썼더니
웃으며 고개 끄덕이기에
그를 가리킨 뒤 日本人이라고 썼더니
웃으며 고개 끄덕였다
이렇게 서로의 조국을 알아버린 후로
내가 行先地라고 쓰자,
그는 米國이라고 썼고
나는 美國이라고 썼다
비행기가 구름 위로 비행했다
이제 더 이상 쓸 단어가 없었다
한국어나 일본어나 영어로
대화할 수 있었다 해도
미국에 무얼 하러 가는지

질문할 수 있었을까
내가 挺身隊라든가 獨島라든가
이런 한자를 써서 그에게 보였다면
그는 皇軍이라든가 竹島라든가
이런 한자를 써서 나에게 보였을까
적어도 한국인끼리라면
고향을 묻고 출신학교를 물으며
헛말을 이어갔을 테지만……
비행기가 이상기류에 잠깐 흔들렸다

벚꽃

내 시가 일본어로 번역 소개된 후*
후쿠시마 가까운 작은 동네 주부들이
낭송회를 연다는 편지가 왔다
벚꽃이 핀 봄날이었다

내가 시 쓰며 보낸 날들 중에는
항일운동사를 읽으며 비분강개했던 청년의 날과
상품 잘 만들어 파는 아이디어를 얻으려고
일본 기업 찾아가서 얻은 자료를 뒤적거리며
직장 다녔던 중년의 날이 있었으나
오늘은 서울에서 벚꽃 구경하러 가는 초로의 하루,
후쿠시마 가까운 작은 동네 주부들이
내 시를 낭송한다니 도통 실감되지 않고
나는 방송으로 보았던
원전이 폭발하고 주민들이 떠난 폐허를 떠올렸다
올해 그곳엔 희디흰 벚꽃이 피어났을까
낭송자와 청중 사이에서

내 시가 말소리로 떠돌지 않고
벚꽃 흐드러진 서울의 거리 풍경이 되어
그이들 앞에 펼쳐졌으면 좋겠다

한국어로 쓴 내 시를
한국의 원전 가까운 어느 작은 동네 주부들이
낭송한다는 소식을 듣지 못하고
일본어로 번역된 내 시를
일본의 원전 가까운 어느 작은 동네 주부들이
낭송한다는 소식을 들은 봄날,
원전 반대를 주제로 삼지도 않았는데
왜 낭송하려는지 궁금했지만
나는 아무런 답신을 보내지 않고
벚꽃이, 벚꽃이, 벚꽃이 활짝 핀 봄날을 걸었다

* 일본 제국주의를 비판하고 반대했던 전후 일본의 대표시인 이바라기 노리꼬(茨木のり子)
가 일어번역시집으로 『韓國現代詩選』(花神社, 1990, 日本)을 내면서 내 시 4편을 수록했다.
서신을 몇 차례 주고받았으나 만나지는 못했고, 그는 2006년 2월 17일 작고했다.

손

내가 골목 돌 때마다
손잡고 앞서 걸어가던
여자는 아담한 키에 금발이었고
남자는 왜소한 몸집에 스포츠머리였다
뒷모습만 얼핏 바라다봐도
여자는 외국인으로 보였고
남자는 한국인으로 보였다
그걸 의심하지 않고 뒤따라가면서
여자가 한국에서 살아낸 힘은
남자와 잡은 손에서 나왔다고
나는 함부로 믿어버렸다
아이 둘쯤 낳아 씻기고
세 끼니 쌀 씻어 밥하고
날마다 청소하고 빨래하였을 그 손으로
여자는 남자와 손잡고
남들 보란 듯이 흔들고 갔던 것이다
나는 한번도 앞질러가지 않았으므로

여자와 남자 둘 다 실은
외국인인지 한국인지 몰랐고
굳이 알 필요도 없었으므로
한번도 앞질러가려고도 하지 않았다

구걸

지하철 노약자석에 앉아 눈감고 있다가
웅얼웅얼 말소리가 들려오기에
나는 눈떴다
왼손엔 껌통을 들고
오른손 뭉텅 잘린 손목엔 쇼핑백을 건
청년이 서 있었다
호리호리한 키 곱슬머리 가무잡잡한 살결
동남아에서 온 노동자였다
천 원짜리를 꺼내 쇼핑백에 넣어주고
나는 다시 눈감으려는데
건너편 노약자석에서 초로의 여인이 지갑 열고
오만 원짜리를 빼내고 있었지만
청년은 알아채지 못하고 걸어가 버렸다
그 다음 초로의 여인이 어떻게 하려는지
나는 궁금하여 슬쩍 바라봤는데
오만 원짜리를 도로 지갑 속에 넣고 잠갔다
초로의 여인은 왜 부르거나 다가가서 건네주지 않았을까

청년의 손이 잘리던 장면을 떠올리고 싶지 않아
나는 눈 질끈 감았다가
젊었을 적 프레스공장에서 손모가지를 잘리고 나서
어디론가 사라져버렸던 친구가 아직도 젊디젊은 채로
지하철 타고 구걸하러 돌아다닌다는 생각이 퍼뜩 들어
부리나케 일어나 청년을 뒤좇았다

시조始祖

주말 초저녁마다 대중목욕탕 온탕에
몸 담그고 앉아 있다가 마주치면
눈인사하던 우즈베키스탄 청년이
언제부턴가 슬그머니 보이지 않았다

나는 변두리 동네 골목길을 걷다가
어스름 타고 미싱 소리 들려오는
지하 어패럴공장에서 그가 옷을 포장하는지
가로등 불빛 타고 기계 소리 들려오는
지상 프레스공장에서 그가 철판을 절단하는지
잠시 멈춰 서서 기웃거려 보곤 했다

이따금 고향으로 귀향했을 그를 생각했다
어패럴공장 차려 미싱 돌리다가
문 밖에 나와서 햇볕 쬘 것이라고……
프레스공장 차려 절단기 돌리다가
문 밖에 나와서 바람 쐴 것이라고……

그가 우즈베키스탄에서 만든 제품과
그가 한국에서 만든 제품이
미국에서 나란히 팔리고 있을지도 모른다고……
이미 시간이 수 년 흘렀으니
그가 만든 제품은 다 중고품이 되어서
아프리카로 팔려갔는지도 모른다고……

평일 초저녁 지하철 타고 귀가하다가
우연히 우즈베키스탄 청년과 마주쳐서
내가 눈인사했는데도 알아보지 못했다
그동안 그는 한국에 귀화하여
박 씨나 김 씨나 이 씨 성을 택했을까
나는 새 성씨를 만들고 싶었으나
부모형제 눈 밖에 나는 게 두려워 감행하지 못했는데
그는 이미 시조가 되었을 거라는 뜬금없는 확신이 들었다
그는 무표정한 한국인과는 달리 씩씩한 얼굴을 하고 있었다

사진전

지하철역 통로에서 전시하는
육이오 피난민 사진전에
어린 아이가 길모퉁이에 앉아
울음을 참는 사진이 전시돼 있었다

저 아이가 살아남았다면 나이 칠십 쯤 됐겠지
어느 날 지하철 타려던 승객들 중에서
저 아이가 자신인 줄 알아본 노인이 있다면
날마다 찾아와서 가슴 먹먹해지겠지
그 시절을 오롯이 기억하고 있어서
어느 쪽에서 날아왔는지 모를 총알에 부모님이 쓰러지고
굶고 굶고 또 굶으며 떠돌다가 들어간 고아원에서
미국이 준 구호물자로 먹고 입으며 감사하고
북한이 부모님을 죽였다며 증오했을까
길모퉁이에 앉아 울음을 참았던 그때부터
손자손녀를 봐서 행복한 지금까지
전쟁이 다시 일어나지 않았으니

앞으로도 일어나지 않기를 바라겠지
그러하지 아니하고, 저 아이가 북한으로 가서
여태껏 그럭저럭 살거나 이미 굶어죽었을지도 모르겠지
그런 걸 알 리 없는 늙은 친구가 사진을 보곤
간절히 만날 날을 기다릴지도 모르겠지

승강장에 지하철이 도착할 때마다
승객들이 타고 내리고 떠나버려서
육이오 피난민 사진전에는
아무도 없었다

삼포蔘圃

개성에서 함께 살 적에
아버지는 개성인삼이 영험하다고 말했고
강화에서 혼자 살고부터
자식은 강화인삼이 영험하다고 말했다
바다를 사이에 두고
개성에 가득한 볕과 물과 바람과
강화에 가득한 볕과 물과 바람이
서로 다르다는 생각을 하지 않고
삼포에 종삼種蔘을 심는 마음은
서로 같다는 생각을 하면서
자식은 아버지를 만나지 못한 채 살았다
아버지한테 배웠던 대로 인삼을 키운 자식은
아버지를 개성에 남겨두고 강화로 떠나온 뒤로
무려 육년근을 열 번씩이나 캤다
그러는 동안
아버지가 개성에서 강화로 볕과 물과 바람을 살펴보러
바다를 건너오지 못했고

자식이 강화에서 개성으로 볕과 물과 바람을 살펴보러
바다를 건너가지 못했다
아버지가 거둔 개성인삼을 자식이 맛보고
자식이 거둔 강화인삼을 아버지가 맛보고
더 영험한 인삼은 없다고 말 한 번 하지 못한 채
두 사람 다 이세상을 떴다

거울

한밤중에 잠깨 화장실에 가서
오줌 누며 거울을 쳐다보니
창문으로 비쳐드는 가등 불빛에
다른 얼굴을 하고 있는 내가 보인다

내가 충성스런 직장인이었을 때,
비즈니스 하러 엘에이에 갔다가 만났던
미국인의 의심스러워하던 얼굴인가
내가 한심한 자유직업자였을 때,
자료 조사하러 도쿄에 갔다가 마주쳤던
일본인의 친절하던 얼굴인가
내가 딱한 실업자였을 때,
관광하러 홍콩에 갔다가 부딪쳤던
중국인의 무심하던 얼굴인가

그 얼굴들이 일시에 내 얼굴을 하고서
나를 바라보는 시간에 나는

미국인이 되지 않으려고 눈초리를 올리고
(그 미국인은 나를 기억하지 못할 것이다)
일본인이 되지 않으려고 입술을 깨물고
(그 일본인은 나를 기억하지 못할 것이다)
중국인이 되지 않으려고 이마에 주름을 잡고
(그 중국인은 나를 기억하지 못할 것이다)
오줌 다 누곤 진저리친 뒤
얼른 화장실에서 나와 힘겹게 잠을 청한다

집 구경

내가 시골 이사 와서 이웃집에 들렀을 때
딸인 듯한 여자는 수돗가에서 농구^{農具}를 씻고
아비인 듯한 남자는 먼산바라기를 하고 있었다
집이 근사하니 구경하고 싶다고 청하자
딸인 듯한 여자는 무표정했고
아비인 듯한 남자는 빤히 쳐다보았다
개가 목줄이 팽팽하도록 날뛰며 짖었다
딸인 듯한 여자는 다시 농구를 씻고
아비인 듯한 남자는 다시 먼산바라기를 했다
개집이 이웃집만큼 근사하여 잠시 구경하다가
마을길로 걸어 나온 나에게 한 주민이 귀띔했다
남자는 쉰 줄, 직장 다니는 남편이고
여자는 스무남은 살, 조선족 부인이라 했다
금실이 어떤지는 아무도 모른다고 했다
나는 다시는 이웃집을 구경하러 가지 않았고
얼마 후 팔려고 내놓았단 소문을 들었다

제4부

빈손을 들여다보다가

나는 빈손을 들여다보다가
누군가의 손이
철근과 시멘트와 물을 주물러서
땅에서 빌딩과 아파트를 세우고
고압송전탑을 세웠다는 걸 상상하고는
주눅 든다

나는 손가락 하나를 세움으로써
누군가의 몸을 따라 서게 한 적도 없다
나는 손가락 하나를 눕힘으로써
누군가의 몸을 따라 쓰러지게 한 적도 없다
누군가가 나를 안아 일으킨 적도 없다

다시 나는 빈손을 들여다보다가
누군가의 손이
두뇌와 조직과 자본을 주물러서
땅에서 안테나와 레이더를 세우고

마침내 힘센 크루즈미사일과 토마호크미사일

핵미사일을 하늘까지 세웠다는 걸 깨닫는 순간

고개 발딱 쳐든다

갈증

물과 입술이 서로 끌어당길 때
아주 투명해진 유리컵은
입술에 새겨진 자잘한 무늬를
물에 숨겨진 다양한 생김새를
이미 알고 있으므로
불투명해지진 않는다
물이 잠잠히 고여 있다가도
수맥을 끌어당겨서 안에서 출렁거리고
입술이 슬그머니 닿아서는
혈맥을 모아 바깥을 감쌀 때
아주 깊어진 유리컵은
제자리를 지킨다

나는 유리컵을 앞에 놓고
그 속에 물로 가득 차 있는 누구에게
그 바깥에 입술로 들러붙어 있는 누구에게
몇 번씩이나 목마르다고 말하면서

들손을 내어주기를 간청한다
겨우 나는 들손에 손가락을 넣어서 들고
유리컵을 통해서 나를 건너다보는
반대편에 있는 나를 노려본다

가을날 오후

사람들이 귀가하는 오후에
햇빛이 둥그레져서
마음이 둥근 사람을 찾아가니
그 사람은 몸도 둥그레진다

시내버스 타고 가는 승객들 중에는
그런 광경을 차창 밖으로 내다보다가
마음을 둥글게 마는 승객이 있고
그때 그 승객은 몸도 만다

실은 시내버스 의자에 앉아 있는 내가 그렇다
아, 햇빛이 정면으로 곧게 비치지 않는 이 시간이
우리에게 있으니 얼마나 느긋한가?
시내버스가 둥그렇게 구르고
길이 둥그렇게 앞서 가고
허공이 둥그렇게 떠오른다

너무나 오래 마음도 몸도 각이 져서
서 있지 못하면 넘어지기 일쑤였던 나도 둥그레져서
지구와 맞물려 도는 가을날 오후
나무들도 집들도 전봇대들도 둥그레지는 가을날 오후
가을날 오후마저 둥그레져서
저마다 기분대로 굴러다니면서도
서로 잘 피한다

유리창

비는 허공을 데리고
바람은 나무를 데리고
어스름은 놀빛을 데리고
유리창으로 들어오려 한다

아래로 내리기만 하던 비가 옆으로 걸어서
앞으로 나아가기만 하던 바람이 옆으로 걸어서
위로 오르기만 하던 어스름이 옆으로 걸어서
서로 먼저 유리창으로 들어오려 한다

오래된 식탁 겸용 책상과 의자,
낡은 노트북, 읽은 책들과 안 읽은 책들
방바닥에 펴놓은 이부자리와
옷걸이에 걸어놓은 옷들
주인이 그것들만 남겨서
무덤처럼 낮고 쓸쓸한 방 안
광장처럼 넓고 고요한 방 안

유리창으로 들여다본
허공이 위로 오르고
나무가 뒤로 물러서고
놀빛이 아래로 내린다

유리창 안에서
환히 전등이 켜지니
유리창 밖에서
부슬부슬 비가 떨어지고
설렁설렁 바람이 불어가고
가뭇가뭇 어스름이 흩어진다

대칭

지하철 좌석 저편에 반듯하게 앉아
손깍지 끼고 눈감은
어린 처녀애에게서
문득 좌우 대칭을 보다가
모든 걸어다니는 동물을
정면에서 보면
모두 좌우 대칭이겠다고 놀라워하다가
스커트 속에 다리를 가지런히 모으고
하이힐 신은 발을 나란히 놓은
어린 처녀애에게서
똑같은 대칭을 한 나를 발견하곤
네 발로 뛰는 말을 떠올리다가
두 발로 뒤뚱거리는 오리를 떠올리다가
앞다리를 세우고 뒷다리를 접고 앉은 고양이를 떠올리다가
어린 처녀애에게서
똑같은 대칭을 한 할머니의 눈썹을 발견하고 어머니의 귀를
발견하고 딸의 입을 발견하다가

이편에 앉아 있는 나와 대칭하여
저편에 앉아 있는 나를 본다

모퉁이

밖이 시끄러워 나가보니
골목 모퉁이를 돌던
개는 뒤돌아보다 가고
고양이는 곧장 가고
아침은 머뭇거리다 가고
저녁은 왔다갔다하다 갔다

종일 모퉁이 저쪽으로
옮겨가지 않은 집들 보며
집들에서 자란 나무들 보며
나무들에서 지저귀는 새들 보며
새들이 쪼아 먹는 벌레들 보며
모퉁이 이쪽에 머물렀더니
집들 지키러 개들이 돌아오고
나무들 타러 고양이들이 돌아오고
새들 날리러 아침이 돌아오고
벌레들 재우러 저녁이 돌아왔다

한번 가보고 싶어서
골목 모퉁이를 돌아갔다가
덜 따라온 개의 꼬리가 흔들리고 있기에
덜 끌려온 고양이의 발짝 소리가 나고 있기에
덜 밀려온 아침의 햇빛이 퍼지고 있기에
덜 몰려온 저녁의 어스름이 흩어지고 있기에
모조리 모아서 데려오고 나니
밖이 고요하였다

날마다 내가 골목 모퉁이를 돌아서 오가고
골목 모퉁이가 나를 돌아서 다녔다

지팡이

최근에 팔순 넘은 숙부가
방바닥에서 미끄러지는 바람에
고관절에 금가서
병원에서 수술 받고 퇴원한 뒤
의자에 앉아 나를 맞이한다
내가 숙부에게 인사하는데
어어, 할머니가 나를 반기신다
과거에 팔순 넘은 할머니도
방바닥에서 미끄러지시는 바람에
고관절에 금갔으나
병원에서 수술하지 못한다 해서
아랫목에 누워 나를 맞이하시곤 했다
저승길 가신 지
하 오랜만에 돌아와서
바닥에 두 발 내려놓으신 할머니한테
내가 인사하는데
아, 숙부가 나를 반긴다

고관절에 금가면

죽을 때가 된 거라며

웃는 숙부에게

내가 네발지팡이* 드리니

숙부는 할머니에게 건넨다

* 4개의 발이 달린 지팡이며, 4발지팡이라고도 하는데 사용할 때 안전성이 높다고 한다.

빗방울

빗방울은 제 얼굴을 보기 위해
허공을 떠다닐 것이다

장마철 빗방울은
창문에 제 얼굴이 보이면
창문에 닿고
느티나무 우듬지에 제 얼굴이 보이면
느티나무 우듬지에 닿고
땅바닥 귀퉁이에 제 얼굴이 보이면
땅바닥 귀퉁이에 닿을까

내 얼굴을 빗방울에서 보기 위해
싸돌아다니던 한 시절이 나에겐 있었다
빗방울이 우주를 다 품고 있다고 믿어서였다
먹구름이 밀려올 때 창문 앞에서 서성거리며
꽃잎에 맺힌 빗방울에서 내 얼굴을 보려 했고
천둥이 울 때 느티나무 아래 서서

바람에 흩날리는 빗방울에서 내 얼굴을 보려 했고
문득 빗소리가 그칠 때 땅바닥 귀퉁이를 돌아가면서
낮게 흐르는 빗방울에서 내 얼굴을 보려 했다

내 얼굴에서 제 얼굴을 보려는 빗방울이
허공에서 떨어질 것이다

시간들

이불 뒤집어쓰고 잠 못 이루는 방에는
나무책상과 접이식침대와 방바닥이 있어
내가 나무책상 앞에 앉아 독서하는 시간도 있고
내가 접이식침대에 걸터앉아 후회하는 시간도 있고
내가 방바닥에 꿇어앉아 기도하는 시간도 있다
그러면 그 각각의 시간이 나에게 속삭인다
나무책상에서 먼지와 책을 비워라
접이식침대에서 옷과 허물을 벗어라
방바닥에서 몸피와 생각을 치워라

내가 잠든 동안엔 시간도 잠들까
시간은 잠들지 않는 사람을 찾아갈까

이불 뒤집어쓰고 잠에서 깨어날 때
옆자리를 차지하고 있는 시간을 보는데
내가 왼쪽으로 돌아누우면
시간은 나무책상 앞으로 나를 데려가 앉히려 하고

내가 오른쪽으로 돌아누우면

시간은 접이식침대로 다가와 나를 오래 눕혀 두려 하고

내가 바로 누우면

시간은 방바닥에 나를 세워 놓으려고 한다

그러면 그 각각의 시간에게 나는 속삭인다

나무책상에서 어스름과 빛을 부스럭거리지 마라

접이식침대에서 살갗과 숨결을 가져가지 마라

방바닥에서 발자국과 침묵을 섞으려 하지 마라

무릎걸음

나는 한날한시에
서쪽에서 걸어왔고
동쪽에서 걸어왔고
북쪽에서 걸어왔고
남쪽에서 걸어왔다

서쪽에 있었을 적엔 앉아서
어스름 내리는 산줄기를 넘었고
동쪽에 있었을 적엔 누워서
먼동 트는 들판을 떠돌았고
북쪽에 있었을 적엔 엎드려서
눈보라 휘몰아치는 허공을 올랐고
남쪽에 있었을 적엔 서서
빗방울 몰려가는 강줄기를 건넜다

내가 지금 머무는 곳은
단단하고 컴컴하고 가없고 투명해서

동서남북이 없는 너무 다른 장소,
발목이 시큰거리니 어루만지며
발바닥이 화끈거리니 쓰다듬으며
종아리가 당기니 문지르며
무릎으로 아픈 자리만 딛고서
여러 곳에 가려 한다

나는 한날한시에
돌 속에서 나갈 것이고
어둠 속에서 나갈 것이고
공기 속에서 나갈 것이고
물속에서 나갈 것이다

제5부

문답

　어린 아들과 내가 변두리에서 살았기에 본 모습이 있었다, 봄엔 싹이 바닥에서 위로만 돋아나던 모습, 여름엔 녹음이 햇볕을 불러들여 식히던 모습, 가을엔 단풍이 야산 등성이를 넘어가던 모습, 겨울엔 열매가 공중에서 아래로만 떨어지던 모습. 어린 아들과 내가 변두리에서 살았기에 들은 소리가 있었다, 오전엔 나무그늘이 가지에게 다가가던 발짝 소리, 점심때엔 우듬지가 품고 있다가 내려놓던 바람소리, 오후엔 약수터로 산봉우리를 끌고 흘러내려오던 물소리, 저녁때엔 새들이 어스름을 물고 둥지로 돌아가던 날갯짓 소리. 어린 아들과 내가 변두리에서 살았기에 나눈 이야기도 있었다, 어린 아들이 한데서 마음껏 놀다가 들어와선, 마음껏 놀지 못하는 애가 있을까? 식탁에 앉아 밥을 실컷 먹고선 밥을 실컷 먹지 못하는 애가 있을까? 욕실에서 따뜻한 물로 세수하고선 따뜻한 물로 세수 못하는 애가 있을까? 잠자리에서 포근한 이불을 덮고선 포근한 이불을 못 덮고 자는 애가 있을까? 물으면 변두리엔 그런 애들이 있다고 내가 대답했다. 변두리에서 이보다 더 많은 모습을 보고 더 많은 소리를 듣고 더 많은 이야기를 했지만 어린 아들이 청년 되고 내가 노년 되었다. 그리고 더 이상 그런 모습도 보지 못했고 그런 소리도 듣지 못했고 그런 이야기도 하지 않았다. 아들은 변두리를 떠났고 나는 변두리에 남았다.

유모차

　헌 잠바 여러 벌을 껴안고 헌옷수거함에 넣으러 가다가 낡은 유모차를 밀고 오는 노파와 마주쳤다. 나에게 손짓하길래 유모차에 실어주었더니 노파가 한 벌 한 벌 뒤적였다. 천이나 디자인보다 박음질을 꼼꼼히 살펴보는 게 어쩐지 전직 미싱사 같았다. 자신의 솜씨가 이어져 있는지 한 눈에 안다는 듯이 자신이 박은 옷들에서 실을 풀어 잇고 이으면 지금껏 걸어온 골목길보다 더 길다는 걸 안다는 듯이 나에게 감사 인사도 하지 않고 유모차를 밀고 골목길 느릿느릿 돌아갔다. 내가 입던 헌 잠바를 노파가 내일 입을지 알 수 없지만 누군가 입더라도 나이 들수록 등 굽히고 가슴 좁히는 내 평소의 몸짓을 누군가 그대로 되풀이하지는 않을 것이다. 더 버릴 헌옷가지를 머릿속으로 옷장에서 가려내며 집으로 들어가려는데 골목길 모퉁이마다 낡은 유모차를 밀며 우르르 돌아서 나온 노파들이 여봐요, 여봐요, 여봐요, 나를 불렀다.

목례

　동네를 어슬렁거리는 나에게 누군가가 목례하길래 나도 목례하고 보니 이웃에 살던 사팔뜨기 사내였다. 그는 만나지 못한 몇 해 사이 눈이 모로 더 돌아가고 추레한 초로가 되어 있었다. 중장년 땐 구청에서 발주하는 인도人道 공사장에서 관리자의 보조노릇이나 하며 밥벌이하던 그는 비록 사팔뜨기였어도 삐딱하게 놓인 보도블록만 찾아내어 반듯하게 고쳐놓곤 했다. 그때만 해도 제 집이 있고 부인이 있었는데 집을 팔고 이혼까지 했다는 소문을 몇 해 전에 들었다. 한자리에서 머물지 않는 길을 그가 똑바로 내려다볼 수 없는 걸 부인이 싫어했을까. 길도 없이 늘 떠다니는 허공을 그가 똑바로 올려다볼 수 없는 게 부인은 남세스러웠을까. 나는 아무것도 묻지 않고 그에게 목례하고는 지나갔고 그는 아무 말도 하지 않고 나에게 목례하고는 눈동자를 돌렸다. 그가 어디를 바라보는지 나는 알 수 없었으나 그가 깔았을 보도블록을 나는 밟았다.

약속장소

변두리에서 그와 내가 만나기로 약속하는 장소는 늘 변두리다. 변두리 근린공원에서 우리가 만나 함께 바라보는 광경은 아파트 단지로 자동차들이 드나드는 광경, 정원사들이 작업차를 타고 조경수 다듬는 광경, 페인트공들이 로프에 매달려 외벽 도색하는 광경, 멀다. 변두리 골목 모퉁이에서 우리가 만나 함께 듣는 소리는 아기 울음소리와 고양이 울음소리, 잎사귀 뒹구는 소리와 쓰레기 쓸리는 소리, 사람이 화내는 소리와 개가 짖는 소리, 구분할 수 없다. 변두리 천변에서 우리가 만나 함께 맡는 냄새는 물결에서 나는 물비린내, 웅덩이에서 나는 지린내, 어린이 자연학습장에서 나는 꽃향내, 코 벌렁거린다. 변두리에서 사는 그와 내가 약속하지 않고 변두리 어디선가 우연히 만나 잡담하다가 근린공원에서 바라보는 광경이 멀어도 언젠가 우리도 그런 광경이 될 수 있다는 말, 골목 모퉁이에서 듣는 소리를 구분할 수 없어도 언젠가 우리도 그런 소리를 낼 수 있다는 말, 천변에서 맡는 냄새에 코 벌렁거려도 언젠가 우리도 그런 냄새를 풍길 수 있다는 말, 그렇게 말하면서 나중에 다시 만나기로 약속하는 장소는 늘 그런 변두리다.

궁리

변두리에서 나는 궁리했다. 내가 아기의 아비였을 적엔 아기가 나보다 멀리 볼 수 있도록 목말 태우고 걸어야 할지, 내 걸음을 따를 수 있도록 손잡고 걸어야 할지, 내가 소년의 아비였을 적엔 소년을 저 혼자 내버려두어서 어둠과 불빛과 책을 보게 해야 할지, 나와 같이 돌아다니면서 강물과 산등성과 들녘을 보게 해야 할지, 내가 청년의 아비였을 적엔 청년과 함께 해야 할 일을 어느 계절에 만들어야 할지, 각각 어느 날에 할 일을 다르게 만들어야 할지, 그러구러 자식이 곁을 떠나고 내가 늙은 아비로 남게 되었을 때 변두리에서 나는 궁리했다. 햇볕 따사로운 날이면 천변을 걸으면서 자식에게 갈 수 있는 법을, 비바람 치는 날이면 거실에서 서성거리며 자식이 날 생각하게 하는 법을, 눈이 흩날리는 날이면 골목을 나가면서 자식을 돌아오게 하는 법을, 그리고 요즘 내가 변두리에서 혼자 살아갈 길을 궁리하면 아기의 아비가 돌아와서 아기가 걸음마 하고 있는 마당을 가리키고, 혼자 눈 둘 데를 궁리하면 소년의 아비가 돌아와서 소년이 응시하고 있는 저녁을 가리키고, 혼자 일감을 찾을 궁리하면 청년의 아비가 돌아와서 청년이 완성하고 있는 내일을 가리킨다.

변두릿길

변두릿길 걷다가 무심코 쳐다본 노파의 등에 치매환자니 연락해 달라는 부탁과 함께 전화번호와 이름 써진 헝겊쪼가리가 꿰매 있었다. 노파는 지금 무작정 헤매 다니는 중일까. 처녀 적 친구가 그리워 찾아가는 중일까. 먼 친척에게 빚 갚거나 받으러 가는 중일까. 보호자에게 연락해야 하는 상황인지 나는 가늠할 수 없어 가만히 뒤따라갔다. 사람들 사이로 내딛는 잰걸음 보면 노파는 확실하게 목적지 정해놓은 것 같았다. 그곳은 책보자기 매고 학교 다닐 적에 남의 집 담장 안 나무가 그늘 내려주던 골목일까. 참나무들이 도토리 떨어뜨리면 주워서 묵 쑤어먹으려고 오르던 뒷산기슭일까. 젊은 남편과 어린 아이들이 간지럼 먹이며 깔깔 낄낄 킬킬 뒹굴던 옛 셋방일까. 나는 이런저런 공상하다가 이제 함께 늙어가는 그 가족이 연락처 붙여놓았을 노파의 등 그만 놓치고 말았다. 이 변두릿길 수십 년 오고 있는 나도 멀지 않아 노파와 엇비슷한 뒷모습하고 잰걸음 내디딜지도 모르겠다.

사이

서로 알려고 하지 않는 이웃이 변두리에도 많았다. 그와 내가 그런 사이였다. 성명이나 직업을 알려고 하지 않았으니 속내와 가족사항은 더욱이나 몰랐다. 한동네에서 삼십여 년 지냈어도 봄에 마당에 꽃 피우는 목련나무가 있는지 여름에 모퉁이에 쉴 수 있는 처마 그늘이 내려와 있는지 가을에 옥상에 올라 먼 산 단풍에게 손짓할 수 있는지 겨울에 눈 치울 눈삽을 현관문 안에 세워놓고 있는지 피차 묻고 대답한 적 없었다. 아침이면 잠자리에서 먼동을 불러들이는지 점심때면 집 안 어디쯤 앉아 차를 마시는지 저녁이면 가족이 몇 시쯤에 다 모이는지 한밤중이면 어둠을 안고 잠드는지 어둠에 안겨 잠드는지 피차 묻고 대답한 적 없었다. 한동네에서 삼십여 년 지내는 동안 그도 나도 골목에서 갑작스레 마주치면 수인사하다가도 큰길에서 걸어오는 모습이 언뜻 띄면 일부러 땅바닥을 내려다보며 스쳐 지나갔고 변두리엔 아무 데로나 통하는 사잇길이 많았다.

변두리에서 한 짓

변두리에서 살면서 어린 아들과 놀다가 야산을 쳐다보았고 그러면 야산에서 봉우리가 슬슬 내려와 내 옆에 서서 야산을 쳐다보며 낮아졌다 높아졌다 했다. 이 광경을 본 동네 개들이 마구 짖어대고 골목길들이 제멋대로 구불거리면 봉우리가 슬슬 야산으로 올라가서 제 모양으로 앉아 나를 내려다보았고 그러면 내 몸이 나를 놔두고 성큼성큼 따라 올라가 산봉우리 옆에 앉아 나를 내려다보며 작아졌다 커졌다 했다. 이 광경을 본 어린 아들이 오른손 주먹을 꽉 쥐고 집게손가락을 한번 세우니 동네 개들이 꼬리를 내리고는 흔들었고 왼발을 탁 굴리고 한번 들어 흔드니 골목길들이 모퉁이마다 멈춰 섰다. 그러면 내 몸이 야산에서 성큼성큼 내려와 나를 품고 본래대로 돌아왔다. 이 사건이 있고부터 변두리에서 내가 한 짓들 중에서 아들과 논 것을 가장 잘한 짓이라고 자부했다.

알리바이

　골목 모퉁이에 인근 주민들을 모아놓고 통장은 쓰레기를 내다버리면 벌금을 물도록 고발하겠다며 전봇대에 설치된 CCTV를 가리켰으나 주민들은 듣는 둥 마는 둥 서 있다가 돌아갔다. CCTV는 양방향을 동시에 찍을 수 없고 바로 아래는 찍지 못하니 주민들은 얼굴 찍히지 않고 쓰레기를 갖다버릴 수 있는 타이밍과 사각지대를 잘 알고 있었고, 통장도 그걸 모르는 바가 아니나 알면서도 모르는 척 모르면서도 아는 척 해야 변두리에선 함께 살 수 있다는 것도 꿰뚫고 있다고 그 자리를 파하고 나서 넌지시 나에게 귓속말했다. 그 날 이후 나는 골목 모퉁이를 돌아 외출하거나 귀가할 때마다 CCTV에 내가 찍혀서 쓰레기를 절대로 내다버리지 않는 나의 알리바이가 증명되기를 바라며 전봇대를 반드시 한 번씩 올려다보곤 했다.

비 오는 밤

어둑한 허공에서 가장 먼저 생긴 빗방울 하나가 보안등 희미한 골목 어귀로 내려오니 그 다음에 생긴 빗방울들이 쏟아진다. 밤비가 불빛에게 몰려드는 광경을 다가구주택 맨 위층에서 내려다보며 나는 암흑천지에서 대명천지로 걸어 나온 오래 전 인간들을 떠올린다. 한밤중에 횃불 켜들고 전쟁하러 가다가 폭우에 불빛이 꺼져 길 잃고 몰살당했다는 야담을 읽은 적 있고 한밤중에 번쩍이는 번개를 받아서 불빛으로 쓰려다가 불타 죽었다는 기록을 읽은 적 있다. 변두리에서 남들도 다 쓰는 전등 불빛 아래서 책 읽고 고민하고 글 쓰던 나는 비 오는 밤이면 무언가를 하러 어디로 가야 할지 감이 잡히기도 해서 쉬 잠자리에 들지 못한다. 이 때 누군가 나에게 대명천지에서 암흑천지로 되돌아가지 않겠느냐고 물으려고 희미한 보안등을 등지고 1층 현관문 앞에 와서 우산을 접어 빗물 흩뿌린 뒤, 빗물에 젖은 구둣발로 계단을 쿵쿵 밟으며 올라올 것 같아 가슴이 쿵쿵 뛰기도 한다.

깊은 겨울밤

　겨울밤 따스한 방바닥에 누워 가슴 위에 두 손 얹고 발편잠을 청하다가 슬머시 떠오르는 사람들이 있어 그들의 이름을 속으로 불러 본다. 나보다 연장자였던 그들은 내가 어디서 살아야 할지 모르던 청년이었을 때 변두리로 나가 살며 변두리를 긍정하였기에 나는 따라 긍정했지만, 내가 중년이 되어 변두리로 나가 살 때 한복판으로 들어가 살며 한복판을 긍정하였으나 나는 따라 긍정하지 않았다. 그리고 지금 깊은 겨울밤에 나보다 먼저 죽은 그들은 한복판에 지어올린 집에서 변두리에 파내려 간 무덤으로 옮겨가 있으니 변두리를 긍정하지 않을 수도 한복판만 긍정할 수도 없을 것이다. 김아무개 선생님 이아무개 선배 박아무개 형…… 나는 다만 겨울밤 따스한 방바닥에 누워 그들의 이름을 속으로 불러 보다가 여태까지 변두리에서 살고 있는 나에게 왜 한복판에서 살았는지 생전에 설명하지 않은 그들을 애써 머릿속에서 지우며 가슴 위에 두 손 얹고 발편잠을 청한다.

127

가장 노릇

가장 노릇을 하던 동안 나는 마당 가장자리에서 크다가 병이 든 나무들을 톱으로 베어버렸고 마당 복판에서 뛰놀며 자란 아들딸을 곁에서 떠나보냈다. 골목이 모퉁이들과 비비적 거리는 동네에서 아내가 밥을 하여 아들딸에게 먹이고 나무들에게 설거지물을 주었을 때 나는 겨우 구경만 하고서도 가장 노릇을 했다고 믿었지. 이제 그 가장 노릇마저 끝난 집에서 나는 이사할 계획을 세우면서 병들기 전엔 오후 되면 그늘을 거두던 나무들과 어릴 적엔 저녁 되면 마당을 어스름에게 내주던 아들딸이 한 집을 이루어 살림살이를 빛내던 시절을 되돌아본다. 아내가 자잘한 이삿짐을 싸고 내가 소중한 소지품을 챙긴 뒤 골목이 먼 모퉁이와 가까운 모퉁이에 뒤섞이는 동네를 뜨면 톱에 베인 나무들의 흔적과 곁을 떠난 아들딸의 외모를 아는 이웃주민이 아무도 없을 변두리 면목2동.

헌 집

어머니는 헌 집을 나가 임종하셨고 딸은 헌 집에서 자라 출가하였다. 나를 중간에 두고 피와 살과 뼈와 영혼의 DNA로 연결된 어머니와 딸은 곁에 없고 나를 만나 피와 살과 뼈와 영혼의 DNA를 어머니한테서 딸한테로 연결한 아내만 남아 헌 집에서 함께 지내왔다. 평생 걸려 만든 손맛과 절약과 독서와 불면의 DNA를 우리 부부는 이젠 누구에게로 더는 연결할 수 없는 나이가 되자 헌 집을 떠나고 싶어졌다. 어머니를 잘 모셨고 딸을 잘 키웠던 아내는 오래 기억할지도 모르고 어머니에게 덤덤하게 대했고 딸에게 볼멘소리 했던 나는 영영 잊을지도 모를 헌 집, 우리 부부는 변두리 없는 곳으로 또 어떤 DNA를 만들어낼지 알 수 없는 여생을 살러 가기 위해 변두리 헌 집을 팔아버렸다. 미련 없이 어머니와 딸도 같이 지냈던 헌 집을 미련 없이⋯⋯

공놀이

열댓 살 사내애 대여섯 명이 변두리 천변에서 공을 던지며
노는데 손바닥과 땅바닥 사이를 공이 늘리거나 줄일 적마다
어스름이 퍼졌다 모였다 한다. 내가 산책하다가 그 광경을
보고 멈춰 서니 개천에 흐르는 물결이 멈춰 서서 보고 억새밭
지나는 바람이 멈춰 서서 본다. 한 개의 공이 한꺼번에 여러
방향으로 튀는데 자전거도로로 간 공은 바퀴로 구르고 공중으
로 간 공은 달로 떠오르고 주민에게 간 공은 얼굴로 갸우뚱하는
걸 한꺼번에 쳐다보는 나도 물결도 바람도 어스름이 된다.
열댓 살 사내애 대여섯 명이 변두리 천변에서 공을 던지며
노는데 동서남북과 상하좌우 사이를 공이 좁히거나 넓힐 적마
다 어스름은 깊어졌다 얕아졌다 하고 장딴지가 딴딴한 사내애
들만 환한 대낮처럼 펄쩍펄쩍 뛴다.

잘한 일

우리 부부는 변두리에서 옷 덜 사 입고 찬 덜 해 먹고 낡은 집에서 지냈다. 모두가 궁핍하였으므로 서로 눈여겨보지 않는 변두리에서 이웃들은 더 잘할 수 있는 일을 찾으러 떠났다가 되돌아왔고 어린 아들과 딸은 투정하지 않고 잘 놀았다. 우리 부부가 보기에는 변두리에서 개들은 털을 눕히고 잘 짖었고 고양이들은 버린 음식 찌꺼기를 먹고 잘 졸았고 비둘기들은 바닥에서 날갯짓하며 잘 옮겨 다녔다. 이웃들은 그것들이 득시 글거려도 잘 견디었는데 가만히 생각해 보면 그러든 말든 변두리에서 우리 부부가 잘한 일은 아들딸의 의식주를 넉넉하게 해결한 일이었다. 그리고 변두리에서 잘 된 일을 들라면 어린 아들이 그 동물들의 말소리를 상상하는 청년으로 자란 일이었고 어린 딸이 그 동물들의 마음을 상상하는 처녀로 자란 일이었다. 그렇지, 그렇지, 그래서 아들은 음악을 하겠지, 딸은 그림책을 만들겠지. 변두리에서 스스로 잘 선택한 일이었고 그랬기에 우리 부부는 더 오래 편안하게 옷 덜 사 입고 찬 덜 해 먹고 낡은 집에서 잘 지냈다.

함박눈

서른세 살 아들이 집에 다니러 온 동안 눈 내리는 엄동설한이
계속되어서 내내 집 안에서 밥 해 먹고 소파에서 노닥거리고
한 이불에서 잠잤다. 아들은 서른세 살을 무엇을 하는 나이로
알고 겨울에 내 곁에 머물렀을까.

내가 서른세 살이었을 적에 아버지 집에 가서 지내던 동안
눈 내려도 삼한사온이 반복되어서 사흘간은 집 안에서 책
펴들고 나뒹굴었고 나흘간은 집 밖으로 신작로 쏘다녔다. 나는
서른세 살을 사람을 아는 나이라고 해놓고도* 겨울에 아버지
곁에 머물지 않았다.

눈이 내렸다.
먼저 내린 눈에게로
다음 눈이 내리면서
다다음 눈을 내리게 하는 변두리,
아들이 함박눈 쳐다보다가 아버지, 큰소리로 불렀고 나는
함박눈 쳐다보다가 아버지, 속으로 불렀다.

마지막 겨울

겨울에 오래 살아온 집이 팔렸다. 놔두고 가야 할 목록을 작성해 보니 옥상에서 텃밭으로 쓰던 고무통들과 모퉁이 자투리땅에 심은 쥐똥나무들과 꼭대기층 작은방에서 마주하던 허공뿐이었다.

저게 무사하겠지, 저게 무사하겠지, 걱정하고

서울에서 옮겨 다니며 지낸 집들을 떠올리며 서성거렸다.

겨울에 딸이 결혼했다. 가장家長을 이해하는 나이가 되자 남자와 가정을 꾸리겠다고 선언했다. 품에서 떠나보내고 나서도 도무지 실감되지 않았다.

신부가 아직 젊기 때문이야, 걱정하고

친정아비가 아직 덜 늙었기 때문이야, 걱정하다가

내가 결혼하던 때로 돌아가 보고 그때 부모님의 심정을 헤아려 보려고 애썼다.

딸이 이미 비운 집과 내가 이제 비워야 할 집은 같은 우리 집이지만 이번 겨울에는 돌아가신 부모님이 살아계셨을 적에 비워버린 집으로 바뀌기기도 해서, 나는 딸과 부모님과 다함께 지내게 될지도 모른다 싶으니 이사 갈 강화도 시골집이 좁으면 어쩌나, 어쩌나, 걱정하기도 했다.

겨울에 폭설이 내렸다. 오래 살아온 집 꼭대기층 작은방에서 이불 덮어쓰고 누운 밤이면 눈 쌓인 출입문으로 드나드는 주민들이 미끄러져 넘어지지 않을라나 조바심했다.

이게 마지막 걱정이려니, 이게 마지막 걱정이려니, 했고

아침엔 빗자루와 삽으로 눈을 치우면서 이사 갈 날을 헤아렸는데 저녁엔 또 폭설이 내렸다, 폭설이.

변두리를 떠나며

변두리일수록 야산이 넓어 나무가 많고 개천이 길어 물새가 많다. 내가 변두리를 떠나도 여전히 야산은 넓어 어디선가 나무들이 더 옮겨오고 개천은 길어 어디선가 물새들이 더 날아올 테니 내가 어디로 가든 변두리는 제 자리에 있을 것이다. 변두리에서 나는 배부른 적도 없었고 배고픈 적도 없었기에 나무로 서서 야산이 높아지게 만드는 법과 물새로 앉아 개천이 깊어지게 만드는 법을 궁리하고 상상하는 걸 즐기기도 했다. 이제 내가 없는 변두리에는 누군가 한 사람이 와서 내가 미처 못 했던 일, 나무들에게 개천 물을 떠다 부어 야산이 높아지도록 자라게 하고 물새들에게 나무열매를 따다 먹여 개천이 깊어지도록 헤엄치게 해서 변두리를 커다랗게 키울지도 모르겠다. 안녕!

비정함 속 구분과 연결의 시학

홍승진

    리얼리즘 아닌 시와 리얼리즘 시의 차이는 무엇일까? 자연이나 사물에 즉해서 개인의 사상이나 감정을 표현하는 것과 인간의 삶에 즉해서 무엇인가를 표현하는 것의 차이 아닐까? 그렇다면 리얼리즘 시에 고유하고 본질적인 문제인 인간의 삶은 어떻게 이루어지는가? 인간의 삶은 결코 개인적으로만 존재할 수는 없다. 인간은 홀로 살 수 없는 탓이며, '나'는 다른 '나'들과의 만남과 헤어짐 속에서 만들어지는 탓이다. 따라서 인간의 삶은 한 인간과 다른 인간 사이에 가로놓인 구분과 연결을 통하여 이루어진다고 이야기될 수 있다. 리얼리즘 시는 인간의 삶에 관한 시이며, 그리하여 여러 다른 인간의 삶들을 구성하는 구분과 연결에 관한 시이다.

1990년대 이후 한국 서정시에서 사람살이의 구분과 연결이라는 문제는 주로 위로나 화해, 연민이나 동정의 방식으로 노래되었다. 하지만 니체에 따르면 그러한 종류의 태도들은 노예적인 것 또는 약자의 것으로서 비판받을 수 있다. 왜냐하면 진정한 강자의 긍정은 섣부르게 삶의 어두운 데를 외면하는 것이 아니고 쉽사리 삶의 밝은 데를 더듬는 것이 아니기 때문이다. 진정한 긍정은 삶 자체가 고통과 모순이라는 사실에 대한 긍정이다. 한국의 90년대 이후 서정시들은 개인의 내면 안에서 거짓 긍정을 지어내기 위하여 사물이나 자연에 즉하여 개인의 사상과 감정을 표현하였으며, 그리하여 리얼리즘 시와 거리가 멀어지게 되었다.

그와 달리 김소월과 한용운 등의 시는 인간의 삶을 둘러싼 구분과 연결의 문제를 손쉬운 방식으로 아름답게 포장하는 일 따위에 무관심했다. 그들의 시는 끝끝내 위로될 수 없는 상실 속으로, 언제까지나 화해될 수 없는 고통 속으로 뛰어들었다. 또한 소월이나 만해 등의 '님' 시편은 한국 현대시에 있어서 인간의 문제를 시적으로 다룰 수 있는 가능성을 마련한 중요한 전통이다. 그렇지만 '님'을 대상으로 한 한국 현대시의 초기 모습은 한이나 비애와 같은 개인의 애상적 감정으로 점철되어 있다는 한계점을 지닌다. 여기서 주체와 구분되고 연결된 타자는 주체의 개인적 내면을 표현하기 위하여 이용되고 환원된다. 이와 같은 한계는 연민과 동정의 측면으로부터 완전히 벗어나지 못한 것이다.

시인 하종오의 시집 『초저녁』이 사람살이의 구분과 연결이라는 문제를 다룰 때 연민이나 동정 쪽이 아니라 비정함 쪽에서 있다. 비정하게 인간의 삶과 그것을 둘러싼 구분 및 연결을 바라볼 때, 우리는 비로소 인간의 삶을 가짜로 꾸미지 않고 사실적으로 인식할 수 있을 것이다. 리얼리즘 시가 사실적 인식을 미덕으로 삼는다는 것은 이 점을 가리킨다. 바로 이러한 점 때문에 시집 『초저녁』의 시편은 언뜻 서정적 성격이 강한 것처럼 보이면서도 서사적 성격을 풍부하게 담고 있는 것으로 다가온다.

시집 『초저녁』을 펴낼 때 시인 하종오의 나이는 예순 하나 즉 환갑을 맞이했으며 그의 시력(詩歷)은 40여 년에 이르렀다. 그동안 시인의 시 세계는 임지연, 고명철 등의 평론가들에 의하여 '하종오식 리얼리즘'이라고 명명되었다. 이는 그의 시가 독자적이고 견고한 성격을 이룩하였다는 사실의 한 가지 증거이다. 자연인의 나이로는 이순(耳順)을 넘기고, 시인의 나이로는 불혹(不惑)에 이르러서 하종오는 『초저녁』이라는 제목의 시집을 묶어냈다. 또한 이 시집에 실려 있는 작품들은 발표 시기상으로도, 시 세계의 흐름상으로도 그의 근작 시집인

『신강화학파』와 그 이전까지의 시집들 사이를 연결하는 고리에 해당한다. 그만큼 『초저녁』은 시인이 그동안 걸어온 길과 앞으로 걸어갈 길을 아우르는 시집이다. 이와 같은 측면은 시집의 내적인 구성 원리에서부터 뚜렷하게 드러난다.

시집 『초저녁』은 5부로 나뉜다. 1부는 「초가을 초저녁」, 「초겨울 초저녁」, 「초봄 초저녁」, 「초여름 초저녁」 등과 같은 연작들의 제목이 암시하듯이, 시간의 구분과 연결을 주제로 하는 시편으로 이루어진다. 2부는 시에 대한 시, 즉 메타시(meta poetry)로 가득 차 있다. 3부는 민족-국가들 간의 국경, 그리고 그 국경을 넘나드는 인간의 문제를 다루고 있다. 4부에는 인간들 사이의 관계에 대한 사유가 녹아들어가 있다. 5부의 시편들은 도시 변두리에서 자식을 기르고 떠나보내는 삶을 산문적인 문체로 표현한 것이다.

다섯 개의 부분은 모두 '구분과 연결'의 한 유형에 대한 고민을 담고 있다. 1부는 시간의 구분과 연결을, 2부는 시에 대한 메타적인 구분과 연결을, 3부는 국경이라는 구분과 연결을, 4부는 인간관계로서의 구분과 연결을, 5부는 도시 변두리라는 공간적인 구분과 연결 및 부모 자식 사이의 세대적인 구분과 연결을 탐색하는 것이다. 그렇다면 시인은 어째서 자신의 기존 시 세계를 톺아보고 새로운 시 세계를 내다보는 자리에서 '구분과 연결'을 화두로 던지는 것일까? 이 시집 속에서 각각의 구분과 연결은 어떻게 사유되고 표현되는가? 우리는 시집 『초저녁』의 각 부분을 차례차례 살펴보면서 이러한 물음들에 대한 답변을 이끌어낼 수 있을 것이다.

추상적이고 관념적인 것을 시로 쓰기는 힘든 일이다. 언어가 추상적이고 관념적일수록 그 속에 감각이나 감정이 비집고 들어갈 틈이 줄어들기 때문이다. 그런데 시간이라는 것만큼 추상적이고 관념적인 의식의 산물도 없다. 시간은 결코 우리에게 감각되지 않으며, 존재의 생성과 소멸 과정 속에서 우리가 어림짐작할 수밖에 없는 것이기 때문이다. 따라서 시간 자체를 시로 표현한다는 일은 무척이나 어렵다. 그런데 시집 『초저녁』의 1부에 실린 '초저녁' 연작은 시간 자체를 시 속에 과감히 도입한다. 그럼에도 불구하고 그것이 전혀 추상적이거나 관념적으로 느껴지지 않는다.

그 까닭은 시간을 마치 보이고 만져지는 것처럼 표현하기 때문이다. 예를 들어 「초가을 초저녁」에서 시간은 "불룩"하고 "둥그스름"하고 "펑퍼짐"하다고 묘사된다. 또한 「초겨울 초저녁」에서 시간은 "곳에 따라 늘어지거나 줄어드는" 것처럼 그려진다. 이렇게 시간을 공간적으로 형상화하는 기법은 시인이 시간을 자신의 삶 속으로 얼마든지 껴안아버릴 수 있다는 사실을 말해준다. 시인은 시간을 자유자재로 전유하는 것이다. 여기서 시인이 어떻게 시간을 전유하는지가 중요하다. 시간이

어째서 "불룩"하거나 "둥그스름"하거나 "펑퍼짐"하게 되는
지, 그 모습이 어떠한 사유의 흔적을 보여주는지가 중요하다.

> 어두워질 때 사방이 낮고 아늑하고 너른 건
> 물소리가 초가을 초저녁을 불룩하게 하고
> 새소리가 초가을 초저녁을 둥그스름하게 하고
> 바람소리가 초가을 초저녁을 펑퍼짐하게 해서다
> 나무가 산으로 옮겨가지 않고
> 돌이 허공으로 날아가지 않고
> 개가 들판으로 뛰어가지 않는 것이
> 여기에선 지금 전혀 이상하지 않다
>
> ―「초가을 초저녁」, 부분

위에 옮긴 시에서 영향을 주고받는 인과 관계는 크게 세
가지이다. 첫째, "물소리", "새소리", "바람소리"와 같은 청각
적 존재들은 "초가을 초저녁"으로 하여금 여러 가지 공간적
모습으로 변화하도록 영향을 준다. 이때 공간적 모습이란 대체
로 넉넉하거나 원만하거나 부드러운 성질을 나타내는 것이다.
둘째, 그러한 성질의 공간으로 변모한 "초가을 초저녁"은 "사
방"으로 하여금 "낮고 아늑하고 너"르게 변화하도록 영향을
미친다. 낮고 아늑하고 너르다는 것 또한 어떠한 구분과 연결을

무마시키고 허물어뜨리는 성질의 것이다. 셋째, "초가을 초저녁"과 "사방"이 그와 같은 분위기로 변화한 상태는 "나무"와 "돌"과 "개" 등의 자연적 존재들이 어디로 이동하지 않더라도 이상하게 느껴지지 않도록 한다. 이러한 세 번째 부분은 앞의 두 부분에 비하여 매우 이질적인데, 앞의 두 부분이 상대적으로 큰 폭의 변화를 보여주지만 이 부분은 아무것도 행동하지 않는 상황을 보여주기 때문이다.

이처럼 '초저녁' 연작들은 시간의 구분과 연결이 무화되는 정황을 제시한 뒤에 그 시간 속의 존재들이 무위(無爲)에 가까운 상태로 들어가게 되는 모습을 표현한다. 예컨대 「초여름 초저녁」에서는 "산과 나무와 사람이 / 서로 골고루 친하고 싶어도 / 아무 관계가 성사되지 않아 편안하다"고 한다. 시간의 구분과 연결을 허문다는 것은 포용이나 화해와 같은 속성을 나타낸다. 시인이 생각하기에 진정으로 포용이나 화해가 이룩된 상태는 모든 존재가 인위적으로 무엇인가를 하려고 하지 않는 상태인 것이다. 거꾸로 보자면 존재들이 서로에게 억지로 무언가를 하지 않을 때에야 포용과 화해가 이룩된다는 역설이 성립될 수도 있다. 여기에는 어떠한 연민이나 위로나 동정도 개입할 여지가 없다. 이처럼 서늘한 비정함이야말로 이 시집 1부의 '초저녁' 연작을 읽는 우리에게 오히려 커다란 울림을 전달하는 것이다.

2부는 앞서 말했듯 일련의 메타시로 이루어진다. 2부의 맨 처음 작품인 「시를 읽는 장소」에서 단연 압권은 3연이다. 다음과 같은 구절을 보자. "시 속에 들어온 나무 그늘이 무거워서 / 뒤뚱거리다가 시구를 잊어버려도 내처 내려오게 되고"(「시를 읽는 장소」) 이 대목은 시를 읽는 과정에서 여러 자연적 존재들이 시 속에 들어왔는데, 그것이 무거워서 시 자체를 잊어버리게 되었다는 뜻이다. 자연적 존재들이 시 속에 들어왔다는 것은 시가 작품 외부 대상과의 구분과 연결을 무너뜨리고 그것과 한 몸을 이루었다는 의미이리라. 그러한 경지에서 시 텍스트는 단지 종이와 활자 잉크의 혼합물일 뿐이다. 시는 쓸모없는 것이며, 쓸모없음을 통해서만 간신히 삶의 구분과 연결을 허물 수 있다는 비정함이 여기에 들어 있다.

그렇다면 시가 쓸모없다는 것, 시가 쓸모없기 때문에 시적인 쓸모를 가질 수 있다는 것은 대체 무엇 때문인가? 물론 그것은 자본주의 탓이다. 자본주의에서는 잉여가치 즉 이윤을 만들어 내지 못하는 모든 것은 쓸모없는 것이다. 이러한 측면에서 시만큼 쓸모없는 것도 없으며, 시 창작만큼 자본주의로부터 벗어나는 행위도 없다. 그럼에도 불구하고 시인은 "다작하는 나는 자본주의자"(「반성」)라는 충격적인 고백을 독자 앞에 던진다. 왜냐하면 시를 많이 쓴다는 것은 자본주의의 대량생산 방식과 닮아 있으며, 시인도 이미 "지구상에만 사는 자본주의자들이 만들어낸 / 수없는 기계 중에서 날마다 둘 이상 작동"하고 있기 때문이다. 한국 현대시에서 시인으로서의 정체성을 "자본주의자"로 규정한 사례는 내가 아는 한 이 시가 유일하다. 이는 실제로 자본주의적인 삶을 살면서 자본주의적이지 않은 시를 쓴다고 자부하는 일이 얼마나 위선적이고 가증스러운 일인지를 반성하는 것이다.

하지만 「반성」이라는 작품은 제목과 달리 단순한 반성으로만 그치지 않는다는 점에서 미묘한 시적 효과를 낳는다. 위의 인용한 구절에서도 "지구상에만 사는 자본주의자들"이라는 부분을 주목해보자. 자본주의가 아무리 전 지구적인 위력을 떨치며 횡행하더라도, 그것은 오직 지구상에만 있을 뿐이라는 상대적인 인식이 이 대목에 녹아 있다. 이는 시인의 사유가 얼마나 깊으며 그의 인식이 어디까지 확장되어 있는지를 절실하게 느끼게 해주는 절창이다. 이 작품은 자본주의적 양식에 종속되어서 시를 쓰는 자신에 대한 반성이며, 자본주의로부터 스스로가 자유롭다고 착각하는 뭇 시인들에 대한 통렬한 비판이며, 자본주의가 결코 절대적인 체제는 아니라는 인식의 소산이다.

시인으로서의 정체성에 대한 자기반성은 「인물사진」에서 더욱 비정하게 심화된다. 이 작품의 시적 주체는 시 전문지에 실린 어느 시인의 사진을 보았는데, 그 사진 속 인물의 시선은 정면이 아니라 옆쪽을 향하고 있다. 시적 주체는 그 까닭을 사진 속 인물이 "더 멀리서 스스로 영혼을 달래는 / 낯선 사람을 찾고 있었을" 것이라고 헤아린다. 시적 주체가 이렇게 추측하는 이유는 시적 주체의 내면이 사진 속 인물에게 투영되었기 때문일 것이다. 시적 주체가 생각하기에 시인으로서의 정체성이란 독자와 같은 대중을 의식하는 것이 아니다. 시적 주체가 생각하기에 시인다운 시인이란 더 멀리 바라보는 인간이고, 더 멀리에 있는 낯선 사람을 찾는 인간이고, 더 멀리서 스스로 영혼을 달래는 낯선 사람을 찾는 인간이다. 요컨대 시인다운 시인이란 몰개성적이고 획일적인 군중으로부터 벗어나 자신만의 영혼을 구원하려는 단독적 인간을 지향하는 존재라는 것이다.

그런데 이 작품은 대안적인 해결책이나 결론을 제시하는 것으로 마무리되지 않는다. 시적 주체는 만약 사진 속의 인물을 직접 만나게 될 경우를 가정해보면서, 사진 속의 인물이 "나를 안중에 두지 않고 / 우울한 표정을 짓고 우측으로 시선을 향할까" 하고 의문한다. 그리고 나서 "나는 그가 꼭 그러하기를 바"란다고 한다. 일반적으로 자기 자신을 부정하기는 쉬워도, 타인으로 하여금 자신을 부정해주기를 바라기는 쉽지 않다. 하지만 시적 주체는 사진 속의 인물에게 자신이 생각하는 시인으로서의 정체성을 이입하였다. 따라서 시적 주체는 사진 속 인물이 시적 주체에게 만족하지 않기를 바랄 수밖에 없다. 시적 주체는 시인다운 시인이 더 시인다운 시인을 끊임없이 꿈꾸기를 바란다. 이러한 이 시의 마무리는 시인이 진정한 시인이기 위하여 독자 대중을 의식하지 않고, 심지어 자신이 가진 현 수준의 한계마저도 인정하지 않고 비정하게 자신만의 시적 행보를 추구해야 함을 역설한다.

3부는 『국경 없는 공장』(삶이보이는창, 2007), 『아시아계 한국인들』(삶이보이는창, 2007), 『입국자들』(산지니, 2009), 『제국』(문학동네, 2011), 『남북상징어사전』(실천문학사, 2011), 『신북한학』(책만드는집, 2012), 『남북주민보고서』(b, 2013), 『세계의 시간』(b, 2013) 등 하종오의 기존 시 세계에서 중요한 한 축을 차지하고 있는 문제의 연장선상에 있는 시편들이다. 그 문제는 한반도의 분단을 포함하여 민족-국가의 국경을 오가는 사람들의 삶에 관한 것이다. 하지만 시집 『초저녁』의 3부는 기존 시집들과는 다른 방식으로 국경과 그것을 둘러싼 사람살이의 문제에 접근한다. 기존의 시집들은 주로 시인 자신보다는 국경을 마주하고 있는 많은 사람들을 시적 주체로 직접 등장시켰다. 반면에 이 시집의 3부는 시인 자신이 간접적으로 경험한 사례들을 위주로 한다.

후쿠시마 가까운 작은 동네 주부들이

내 시를 낭송한다니 도통 실감되지 않고

나는 방송으로 보았던

원전이 폭발하고 주민들이 떠난 폐허를 떠올렸다

—「벚꽃」, 부분

「벚꽃」이라는 작품은 한국시인의 시가 일본어로 번역되어 일본인 독자들에게 소개되었다는 정황을 담고 있다. 이때 후쿠시마에서 가까운 동네의 주부들이 일본어로 번역된 한국시인의 시를 낭송한다는 소식이 한국의 시인에게 전해진다. 그 소식을 들은 시의 저자는 일본인들의 낭송회에 직접 참가할 수 없으므로 실감을 갖지 못한다. 시인에게 낭송회보다 실감이 큰 것은 다만 후쿠시마 원전 폭발 참사에 관한 방송을 시청한 기억일 따름이다. 위에 인용한 대목에는 매스미디어를 위시한 정보의 대량 유통에 휩싸인 채로 정작 직접적으로 타인의 고통을 체험하고 공감할 기회가 박탈된 현대인의 실상이 나타나 있다. 또한 시의 가치가 아무리 크다고 하더라도 그것은 원전 폭발 참사와 같은 현실 문제를 해결하는 데 있어서 무력할 뿐이라는 절망도 여기에 담겨 있다. 다른 한편 시가 아무리 참사의 피해를 겪은 사람들에게 일말의 위안이나마 줄 수 있다고 하더라도, 우리는, 아니, 적어도 시인은 죽음과 상실의 고통스러운 기억을 끊임없이 환기하고 애도해야 함을 이 시는 이야기한다. 이렇게 해서 위의 구절은 국경에 연관된 간접 체험에 대하여 비정한 반응을 표명함으로써 여러 가지 해석 가능성과 생각해볼 문젯거리들을 함축하는 데 성공하였다.

이처럼 이 시집의 3부에 실린 시편들은 간접 체험의 기법을 통하여 국경을 사이에 둔 다른 민족들 간의 교류를 전달한다. 비정함을 통하여 구분과 연결을 다시 사유하는 것이야말로 이 시대를 살아가는 시인에게 주어진 책임이자 가능성일 수 있다. 그리하여 간접 체험의 기법은 오히려 더욱 큰 생생함과 진실성을 빚어낸다. 거짓말을 하지 않고 참말만을 말하려는 시인의 자세는 민족-국가의 구분과 연결을 넘어 사랑을 맺은 인간관계를 관찰하면서 "여자가 한국에서 살아낸 힘은 / 남자와 잡은 손에서 나왔다고 / 나는 함부로 믿어버렸다"(「손」)는 방식으로 의지를 표명한다. 한국의 이주민 여성이 한국에서 살아가는 힘은 그녀에 대한 남성의 사랑에서 나왔다는 사유는 연민이다. 그러나 "믿어버렸다"는 태도는 그러한 긍정적 인식으로써 문제를 화해시키는 것이 가짜 화해일 수도 있음을 주의하는 태도이다. 또한 "믿어버렸다"는 행위 앞에 "함부로"라는 부사를 배치한 것은 그러한 가짜 화해로 이주민 문제를 함부로 규정하고 판단하는 폭력을 회피하려는 역설이며 놀랍도록 섬세한 고려이다.

민족-국가의 구분과 연결에 대한 비정한 사유는 행여 냉소에 그치고 마는 것이 아닐까? 시집 『초저녁』의 3부에 실린 시편들은 수많은 국경의 문제와 그로 인한 고통을 우리가 총체적으로 이해하고 공감하는 척하는 것이 위장이며 가식일 뿐이라는 냉엄한 사실을 받아들인다. 그러나 하종오는 국경의 문제에 대한 올바른 사유가 그 사실의 토대 위에서만 비로소 겨우 가능하다는 것을 이야기하고자 한다. 「구걸」에서 이주노동자라는 타자의 손이 프레스기계에 잘려나간 고통은 엄연히 '나'의 것이 아니며, 따라서 그 "청년의 손이 잘리던 장면을 떠올리고 싶지 않아 / 나는 눈 질끈 감"을 수밖에 없다. 하지만 '나'에게는 "젊었을 적 프레스공장에서 손모가지를 잘리고 나서 / 어디론가 사라져버렸던 친구"에 대한 기억이 있으며, 이 기억만큼은 '나'에게 직접적인 것이고 따라서 '나'의 것이다. 우리들은 저마다 단독적인 상실의 고통스러운 기억을 애도하고 있으며, 이와 같은 각자의 애도가 우리로 하여금 보편적인 연대의 가능성을 보증한다. 애도의 기억을 포기하지 않음으로써 생성된 보편성은 거짓 연민도, 동정 행세도, 위장된 위로도, 가짜 화해도 아니기에 진실하다.

4부는 시인 하종오의 나이를 무색하게 만들 만큼 빼어난 서정시를 여러 편 싣고 있다. 이 서정시들은 일상의 국면들 속에서 인간관계에 대한 비범한 통찰을 이끌어낸다. 사실적이고 적확한 문장과 그다지 눈에 띌 것도 없는 묘사를 통하여

전혀 일상적이지 않은 인식을 제시하고 있는 것이다. 예컨대
다음과 같은 내목을 보자.

> 나는 손가락 하나를 세움으로써
> 누군가의 몸을 따라 서게 한 적도 없다
> 나는 손가락 하나를 눕힘으로써
> 누군가의 몸을 따라 쓰러지게 한 적도 없다
> 누군가가 나를 안아 일으킨 적도 없다
>
> —「빈손을 들여다보다가」, 부분

　보통의 서정시라면 내가 손가락을 세우고 눕힘에 따라서
우주가 일어서고 쓰러졌다고 표현할 수도 있다. 그러나 내가
손가락을 세우고 눕히는 행위는 티끌 하나라도 움직일 수
없는 것이 비정한 사실일 수 있다. 그렇다면 일견 자조적이라고
까지 여겨질 수 있는 당연한 사실을 시인은 왜 시로 썼을까?
손가락 하나만 움직여도 타자를 움직이고 싶었다는 욕망을
암시적으로 드러내기 위해서가 아닐까? 인용한 구절은 주체의
행위에 해당하는 '세움 / 눕힘'의 대구와 타자의 행위에 해당하
는 '서다 / 쓰러지다'의 대구로 빈틈없는 짜임새를 만들어놓은
뒤에 한 발 더 나아가서 "누군가가 나를 안아 일으킨 적도
없다"는 문장을 덧붙이고 있지 않은가. 그 문장은 자신의 욕망

이 외로움으로부터 비롯된 것이며, 그 외로움이 욕망의 좌절로부터 비롯된 것임을 우리에게 토로한다. 이 시의 제목처럼 우리는 언제나 "빈손"일 수밖에 없다. 가능성이 아니라 그 가능성의 한계를 보여주는 것이 시적 주체의 정서와 의지를 더 강력하게 보여줄 수 있다는 점이 이 시의 놀라운 성취일 것이다. 이만큼 정확한 표현이 어디 있으며, 이만큼 절절한 고백이 또 어디 있겠는가.

물이 잠잠히 고여 있다가도
수맥을 끌어당겨서 안에서 출렁거리고
입술이 슬그머니 닿아서는
혈맥을 모아 바깥을 감쌀 때
아주 깊어진 유리컵은
제자리를 지킨다

나는 유리컵을 앞에 놓고
그 속에 물로 가득 차 있는 누구에게
그 바깥에 입술로 들러붙어 있는 누구에게
몇 번씩이나 목마르다고 말하면서
들손을 내어주기를 간청한다

겨우 나는 들손에 손가락을 넣어서 들고

　　유리컵을 통해서 나를 건너다보는

　　반대편에 있는 나를 노려본다

—「갈증」, 부분

　인간관계라는 구분과 연결은 비단 주체와 타자의 사이에만
있는 것이 아니다. 그것은 주체 자신의 내부에도 여러 겹으로
존재한다. 왜냐하면 나라는 존재는 언제나 단일한 내가 아니며,
나는 무수한 타자들의 관계와 인연이 흘러들어와 서로 엮이면
서 만들어진 존재이기 때문이다. 이러한 인식을 「갈증」은 유리
컵이라는 사물을 통하여 집약적으로 형상화한다. 유리컵의
내부에는 물의 수맥이 맞닿으며, 유리컵의 외부에는 입술의
혈맥이 맞닿는다. 물도 입술도 단일한 것이 아니라 다양한
결을 가진 것이다. 그런데 물과 입술 사이는 유리컵에 의하여
가로막히는 것처럼 결은 구분과 연결로 나뉜다. 구분과 연결로
나뉘기 때문에 여러 결들은 그 구분과 연결 너머에 있는 다른
결들을 갈망할 수밖에 없다. 물과 입술이 유리컵 너머에 대칭적
으로 존재하는 상대방에게 "몇 번씩이나 목마르다고 말해"는
것, 즉 시의 제목인 '갈증'은 인간관계의 구분과 연결을 넘어선
소통에의 갈증을 의미한다. 하나의 존재가 다른 많은 타자들과
의 인연을 통하여 이루어지며, 그것들 사이에 어쩔 수 없는

구분과 연결 및 그로 인한 소통에의 갈망이 있음을 깨닫고
나서 시적 주체는 자신도 그러한 관계성에 놓여 있음을 발견한
다. 「갈증」은 유리컵이라는 하나의 사물만 가지고도 물, 물의
수맥, 입술, 입술의 혈맥, 유리컵, 유리컵에 비친 나, 유리컵을
들고 있는 나 사이의 관계성을 세밀하고 깊이 있게 사유해낸
수작이다.

5부는 거대도시 서울의 변두리에서 시인 자신이 경험한
것, 특히 자식을 기르고 떠나보낸 이야기를 중심으로 다루는
시편이다. 하종오의 시를 읽는 중요한 독법들 중 하나는 시적
정황이 예사롭지 않게 설정되어 있다는 사실에 주목하는 것이
다. 변두리는 서구 근대적 문명의 침투 속도에 따라서 도시와
시골로 공간이 구분되고 연결된 지점을 가리킨다. 자식을 기르
고 떠나보내는 것은 인간의 삶이 생장하고 노화하는 과정에서
세대의 지속을 위하여 세대가 분할되는 시간적 구분과 연결을
표시한다. 시간적 배경과 공간적 배경은 유기적으로 연결되며
서로를 부각시키는 시적 효과를 발휘하는 것이다.

그러구러 자식이 곁을 떠나고 내가 늙은 아비로 남게 되었을
때 변두리에서 나는 궁리했다. 햇볕 따사로운 날이면 천변을
걸으면서 자식에게 갈 수 있는 법을, 비바람 치는 날이면 거실에
서 서성거리며 자식이 날 생각하게 하는 법을, 눈이 흩날리는

날이면 골목을 나가면서 자식을 돌아오게 하는 법을, 그리고
요즘 내가 변두리에서 혼자 살아갈 길을 궁리하면 아기의 아비가
돌아와서 아기가 걸음마하고 있는 마당을 가리키고, 혼자 눈
둘 데를 궁리하면 소년의 아비가 돌아와서 소년이 응시하고
있는 저녁을 가리키고, 혼자 일감을 찾을 궁리하면 청년의 아비
가 돌아와서 청년이 완성하고 있는 내일을 가리킨다.

—「궁리」, 부분

　도시와 시골이 분화되는 변두리에서 앞 세대와 다음 세대가
분화된다는 시적 설정은 무엇을 우리에게 체험하게 하는가?
「궁리」에서 자식을 다 키우고 떠나보낸 시적 주체는 자신이
살고 있는 변두리에 남아서 외로워한다. 따라서 시적 주체는
"자식에게 갈 수 있는 법", "자식이 날 생각하게 하는 법",
"자식을 돌아오게 하는 법"을 궁리하게 된다. 이는 어쩌면
부모의 이기적인 태도일 수도 있지만, 그렇기 때문에 그만큼
부모로서의 인간적인 태도이기도 하다. 그럼에도 불구하고
그 궁리는 실현될 가능성이 너무도 옅다. 이제 자식은 회상이나
상상 속에서만 부모에게 다가올 수 있다. 회상과 상상 속에서
자식은 부모와 무관하게 과거와 현재와 미래를 살아간다. 그것
을 지켜보는 부모의 아쉬움, 인정, 기대감 등 여러 감정을
과거, 현재, 미래라는 시간의 중첩 속에 압축시킴으로써 환상적

인 시적 성취가 확보된다.

이렇게 볼 때 각기 다른 지역에서 나고 자란 각기 다른 세대들은 저마다 다른 삶을 영위해나갈 수밖에 없다. 이와 같은 비정한 인식은 눈 위에 눈이 내리고 쌓이는 것처럼 서늘하게 표현된다. "먼저 내린 눈에게로 / 다음 눈이 내리면서 / 다다음 눈을 내리게 하는 변두리, / 아들이 함박눈 쳐다보다가 아버지, 큰 소리로 불렀고 나는 함박눈 쳐다보다가 아버지, 속으로 불렀다."(「함박눈」) 눈은 내린 뒤에 또 내린다. 눈송이 각각은 비슷하게 생겼지만 자세히 들여다보면 다 다르게 생겼다. 다음에 내린 눈은 먼저 내린 눈을 덮어버린다. 눈이 포근하게 쌓인다고 흔히들 말하지만, 실제로 눈은 영하의 온도로 차디차다. 겨울의 눈 내리는 풍경을 배경으로 하는 5부의 시편들이 특히 감동적으로 읽히는 것은 눈이라는 자연적 존재가 지니는 여러 속성이 하종오 시의 비정한 사실적 인식과 잘 어우러지는 탓이다.

겨울에 폭설이 내렸다. 오래 살아온 집 꼭대기층 작은방에서 이불 덮어쓰고 누운 밤이면 눈 쌓인 출입문으로 드나드는 주민들이 미끄러져 넘어지지 않을라나 조바심했다. 이게 마지막 걱정이려니, 이게 마지막 걱정이려니, 했고 아침엔 빗자루와 삽으로 눈을 치우면서 이사 갈 날을 헤아렸는데 저녁엔 또 폭설이 내렸다, 폭설이.

—「마지막 겨울」, 부분

「마지막 겨울」의 정황은 시적 주체가 애지중지 키운 딸을 시집보낼 무렵이다. 이 시에서 절창은 단연 마지막 문장이리라. 작품의 마지막 연에서 시적 주체는 딸도 시집보냈으니 이제 자신에게 남은 걱정은 폭설에 주민들이 넘어지지나 않을까 하는 정도뿐이라고 예상한다. 하지만 마지막 문장에서 그러한 예상은 저녁에 다시 쏟아진 폭설에 의하여 무참하리만치 산산이 깨어진다. 이러한 결말은 생존이 계속되는 한, 인간의 번민은 끝날 수 없다는 사실을 우리에게 되새긴다. 여기에는 살아간다는 것의 고통에 대한 모종의 실존적 분노까지도 느껴진다. 다른 한편 이 결말은 주민들에 대한 걱정이 시집보낸 딸에 대한 미련, 변두리에서 다른 곳을 향하여 이사 가는 것에 대한 주저함 따위에 지나지 않는다는 것을 은근히 내비친다. 쏟아지는 저녁 눈을 바라보며 시적 주체는 이렇게 생각했을지도 모른다. 지긋지긋하구나. 나는 망설이고 있구나. 쏟아질 테면 얼마든지 쏟아져라. 이제 떠나야겠다.

마지막으로 시집 『초저녁』 5부의 시편들이 산문적인 문체를 취하는 까닭을 따질 필요가 있다. 첫째로 평범하고 일상적일 수 있는 내용은 행과 연으로 구분되었을 때보다 산문의 형식으로 모아져 있을 때에 그 나름대로의 시적 리듬이나 압축을 더 확보할 수 있다. 행과 연으로 구분된 시와 달리 산문적인 문체의 시에는 그 나름의 리듬과 압축이 있다. 전자의 경우에서는 행과 행 사이, 연과 연 사이에 호응하는 구조가 중요하다면, 후자의 경우에서는 문장들의 연쇄에 따라 순발력 있게 완급을 조절하는 호흡이 중요하다. 둘째, 운문과 산문의 통념에 기대어 본다면, 운문이 보다 서정적인 것으로서 순간에 집중하는 데 비하여 산문은 보다 서사적인 것으로서 이야기의 흐름에 집중한다고 볼 수 있다. 그런데 이야기라는 것은 어디까지나 인간의 삶에서 흘러나오는 것이며, 인간의 삶 자체가 무수한 이야기들의 모음인 것이다. 특히 이 시집의 5부에서와 같이 도시와 시골의 구분과 연결, 한 세대와 다른 세대의 구분과 연결에서 벌어지는 이야기는 산문적 문체와 효과적으로 결합될 수 있는 것이다.

지금까지 시집 『초저녁』을 구성하는 다섯 개의 부분이 구분과 연결의 문제를 각각 어떻게 변주하고 있는지, 그 변주가 얼마만큼 비정하게 이루어지고 있는지를 살펴보았다. 시인 하종오는 이 시집을 통하여 세상의 여러 구분과 연결들을 비정하게 다시 묻고 있으며, 동시에 자기 시 세계의 창작 원리까지도 유감없이 밝히고 있다. 비정함을 통하여 구분과 연결을 다시 묻는 일이란 태평하고 안일한 마음가짐으로써 구분과 연결을 망각하는 것과 다르다. 그것은 손쉬운 해결책을 저 멀리 미루어두고서 아직도 현실 곳곳에 구분과 연결이 산재해 있으며 우리의 삶을 얽어매고 있음을 직시하는 자세이다. 나아가 그것은 우리가 아무리 구분과 연결을 넘어서고자 하더라도 구분과 연결 속에 포획될 수밖에 없음을 말하는 동시에, 그럼에도 불구하고, 그렇기 때문에, 그 구분과 연결을 넘어서고자 하는 의지를 멈추지 않으려는 자세이다. 이 시집의 5부에서 다른 곳으로 떠나갈 것임을 예고했듯이, 이제 시인 하종오는 강화도의 터전에서 『신강화학파』(b, 2014)의 세계를 새롭게 도모하는 중이다. 하종오 시의 독자에게는 '신강화학파' 연작에서 독보적으로 이루어지고 있는 수평의 시학, 아래로부터의 시학, 구분과 연결을 넘나드는 시학, 하종오식 리얼리즘의 서정과 서사를 만끽할 차례가 남아 있다.

초저녁

초판 1쇄 발행 2014년 8월 22일

지은이 하종오
펴낸이 조기조
펴낸곳 도서출판 b
편　집 김장미 백은주
표　지 테크네
인　쇄 주)상지사P&B

등록 2003년 2월 24일 제12-348호
주소 151-899 서울시 관악구 난곡로 288 남진빌딩 401호
전화 02-6293-7070(대) 팩시밀리 02-6293-8080
홈페이지 b-book.co.kr 이메일 bbooks@naver.com

ISBN 978-89-91706-83-5　　03810

정가_8,000원